宮島敏郎　著

小説　イタリア軒物語

目次

プロローグ

日本が明治の世になって間もないころ
ひとりのイタリア人が
世界に開港された新潟にやってきた。
故郷の南欧からはるか東の果て
知る人ひとりいない土地である。
港に吹く風と街の暮らしに魅せられたその男は
この地で生きることを決め西洋料理店を開く。
これは彼が愛した新潟
そこで暮らす人々
そして精魂込めてつくりあげた料理店の物語である。
男の名はピエトロ・ミオラ
その料理店の名はイタリア軒という。

第1章

曲馬団来港

新潟では外の人が新潟入りすることを「来港」という。

その言葉が象徴するように、この街は港をめぐる物語で綴られてきた。

江戸時代から明治のはじめにかけて、物資運搬の主役を務めてきたのは船である。信濃川と阿賀野川の水運そして日本海の西廻り航路、これらの大動脈を結ぶ結節点が新潟だ。米など重要な物資の集積地として、広く各地とを結ぶ中継地の役割を果たしてきた。

フランスのスリエ曲馬団《きょくばだん》が船で来港したのは、明治7（1874）年の7月に入ったばかりのころである。曲馬団とはサーカス団のことだ。

のちにイタリア軒の創業者となるピエトロ・ミオラも、その一員として船上にあった。

心地よい汐風が日本海上をゆく船の甲板を吹き抜けていく。

間もなく港である。ミオラは陸を眺めながらひとりの団員に話しかけた。

「海岸の林がずっと続いている。山は、はるか向こうだ…広い平野だな」

団員が答える。

「この町は日本の西海岸側で一番大きいそうだ」

海上から新潟を望みまず目についたのが、海岸に長く続く松林だった。遠くそびえる会津との国境の山々は遥か遠く、その手前に広がる平野の大きさが分かる。右手へ目をやるとその端には角田と弥彦のふたつの峰が並ぶ。陸地はそこで海に落ち込んでいる。

ピエトロ・ミオラは36歳、男盛りである。中背で腕や胸には筋肉がほどよくついている。北イタリアのトレンティーノ地方のプリミエーロ生まれだ。

子供のころから好奇心にあふれていた。

見知らぬ国々に住む人々はどんなことを楽しみ、どんな花を愛し、どんな音楽を聴き、どんなものを食べて、そしてどのように暮らしているのだろうか。

いつか自分の目で世界を見るのが夢だった。

父親は農民で貧しかった。本を人から借りることができたときは大喜びで精読した。異国での出来事や体験を人から聞ける機会には、目を輝かせて耳を傾けた。

「せっかく受けたこの命、精一杯生き、そして世界を知りたい」

そのためになにをすればいいのか。あふれる思いを持ってはいたが、答えが見つからぬまま、１８５９年、21歳のとき、イタリアの統一を目指すサルデーニャ王国とオーストリアとの戦争に従軍した。かつて偉大なローマが支配したこの地で、いくつかに分裂している国々をひとつにしようという戦いに大義を感じたのだ。

市民革命から60年が経ち共和制の国になった隣国のフランスは発展を遂げている。取り残されないためにも国の統一は必要だと思った。

戦争は２年で終結し、北イタリアが統一されイタリア王国が誕生した。

退役後のミオラは食の世界の仕事に就いた。調理人になったのだ。

平和がきて国内移動の自由度が高まり、賑わいが増した街には市民相手のレストランが増えた。

イタリアは街ごとに独自の食文化を持つと言われる土地柄である。ミラノやジェノヴァそしてボローニャやヴェネツィアのレストランで調理人として9年間修業したミオラは、いずれの都市でも多様で個性的な料理と出会った。そうした経験はあの思いをさらに募らせた。

—もっと世界を見て…そして世界の食を確かめてみたい—

スリエ曲馬団を乗せ日本海を進む船は、大きな川の河口にさしかかった。

地元で大川と呼ばれている日本一の長さの信濃川である。

この大河の流れは、河口で日本海から吹く強い西風とぶつかると高い波を生じるが、この日は風も弱く穏やかだった。

河口左岸の突堤先端にやぐらが組まれていた。その上に設置された灯明台を右手の視野におさめながら川に入った。

上流へとさかのぼって進むと、港には数えきれないほどの和船が停泊している。川蒸気船の姿もある。つい先日運航を開始した魁丸《さきがけまる》だ。モウモウと白い煙を吐き、両側につけ

られた水車状の外輪を回しザブザブと水を掻いて進んでいる。

怪鳥のような汽笛がひとつ鳴った。

「俺たちを歓迎しているぜ！」

ミオラの後ろで曲馬団のメンバーが声をあげた。

なにごともプラスに考えるこの男にかかれば、気笛もたちまち歓迎の意味を持つのがミオラはおかしかった。

やがて船は船着き場に着いた。

すぐ近くには新潟税関がある。河口近くのヨシが生い茂る川岸を長崎の出島のように埋め立て、明治２（１８６９）年10月に建設された。一足先に開港した横浜や東京の洋風建築を参考に、新潟の大工が建てたものだ。

当初は新潟運上所と呼ばれたが、明治６年に新潟税関と改称された。海外に開かれた開港場である新潟の象徴だ。

中央に望楼を持ちその下の入り口は漆喰のアーチになっている。窓にはギヤマン（ガラス）が使われ通路は石畳だ。菱組天井や紙張り天井には、アメリカ製六灯ランプのシャンデリアが吊るされている。敷地内に石づくりの倉庫や土蔵、荷揚場を備えている。

新潟が立派な税関を持つ重要な港町であることを、ミオラも一座の団員もすぐ認識した。税関は外国船が入港すると、来港の目的を問い、入港年月日や国名や船名、トン数や乗組員などを記録し国へ報告する。

スリエ団長は、税関に到着を伝え職員に挨拶した。

聞けば、街は船着き場から1キロほど離れたところにあるという。スリエはミオラを連れて見てくることにした。

税関背後の草地には真ん中に一本だけ通された道があった。街へと連なる「運上所通り」だ。60センチほど盛り土された道路で、税関と県庁を結ぶ電信柱も敷設されている。

一行は、家並みが見える方向に向かって歩いた。

やがて新潟の街に入った。堀と道が縦横に通っている。堀が道と交差するところには木の橋が架けられている。

堀端の柳と桜の緑には清潔感があった。団長のスリエは、同じように道に柳と桜が植えられた東京のある街を思い出したようだった。

「ミオラ、東京の銀座という通りにも柳と桜があったな」

「わたしはこの街を見て、故郷イタリアのヴェネツィアを思い出しました、団長」

「水の都だな。荷物はこの堀で運ばれるということのようだ」

堀では樽を積んだ舟を船頭が操っていた。

町筋を歩いていくと、やがて繁華街と思われるあたりに着いた。

人々の生活のための品物を売る店が軒を連ねている。八百屋に魚屋、酒屋に雑貨屋、ちょっと着古されたような和服を売る店もある。

街の人たちの視線を感じたが、それは警戒感といったたぐいのものではない。

自分たち外国人への興味や笑みが顔に浮かんでいる。

開放感のある街にミオラは好感を持った。

ヨーロッパの街には少なからぬ閉塞感がある。石に囲まれた狭い路地の多くは見通しが利かない。高い壁、高い建物そして曲がりくねった狭い道。外敵の侵入に備えてわざと迷いやすいようにつくられているのだ。

新潟は真っ直ぐに伸びる道路を持ち、ずっと先まで見通しが利く。

道すがらそんな印象を団長と話していると、着物を着た若い娘ふたりが、反対方向から歩いてきた。

ひとりは、のちに添い遂げることになるお千である。

もちろんミオラもお千も、まだそんなことは知る由もない。

お互いに相手の存在を意識し視線が合った。

ミオラが右手を少しだけ振ると、お千らも軽く会釈をしてすれ違った。

「きれいな女性だな」

スリエ団長の言葉にミオラはうなずいた。

「街も女性も美しいところですね、団長」

一方、ふたり連れの女性も言葉を交わしていた。

「お千さん、あちらの国の男だよ。どこの国からだろう?」

「優しそうな男だねえ。どんな用事できたんだろう?」

「お千さん、聞いてみれば?」

「新潟弁で聞いてみようかねえ。ははは」

降り続いた梅雨も今年は少し早めに終わろうとしていた。

お千と連れの友人は日傘で日差しをさえぎり、上古町にある着物屋へと向かった。

店で帯留めを選ぶお千の顔は、さっきすれ違った異国人の顔を思い出しているように見えた…

ミオラが日本にやってきたのは4年前のことだった。日本などアジアの国々を訪れる予定のイタリア軍艦、クロティルディ号の募集に応じコックとして採用されたのだ。

　その背景にはミオラの日本への憧れがあった。

　日本についてすでに幕末にはかなりの情報が欧米にもたらされていた。

　文久2（1862）年、ロンドンの万国博覧会にイギリス公使オールコックが、日本で収集した美術工芸品を出品した。慶応3（1867）年、パリ万博に幕府や佐賀藩が北斎の浮世絵や陶磁器を出品している。

　また19世紀末に日本にきたヨーロッパ人は、観光土産として多くの写真を持ち帰っていた。被写体は街の様子であり、サムライ、芸者、力士、職人、商人そして市井の人々の日常の暮らしだ。それは開国前後の日本を伝える大きな役割を果たした。

こうした文化や生活への関心もさることながら、それとは別に、イタリアにとって他に代えがたい意味を持つ国が日本だった。それはイタリアの重要な産業である絹織物業にとって不可欠な蚕種、つまり蚕の卵の輸入元としての存在だった。

ヴェネツィアやジェノヴァなど絹織物の産地を持ち、地中海最大の絹生産国であるイタリアは、1845年ころから蚕の伝染病に悩まされ続けてきた。

感染がはじまるとイタリアの養蚕家は、ヨーロッパのポルトガルやギリシアやルーマニア、そして近東のレバノンやアナトリアといった養蚕地帯から、健康な蚕種を補給するようになった。しかしやがてそれらの国にも感染が広まり、補給地は次第に遠ざかりインドや中国に至った。ところが蚕種の商人の行くところどこまでも伝染病が広がっていったのである。

感染を回避することができた唯一の国が日本だった。日本では病気の最初の兆候が表れているかどうか、蚕をひとつひとつ検査するというやり方が、個々の養蚕所で厳格に守られていた。国内に外国人が入り込むことが規制されていたことも感染回避の理由だった。

日本の蚕に関する著作が刊行され、ヨーロッパにその高品質が知れ渡った。そして養蚕業の盛んなフランスやイタリアでは、すでに紹介されていた日本の文化や社会の情報と合わせ、人々が日本にポジティブなイメージを持つようになったのである。ミオラもそのひとりだった。

加えてミオラは、蚕種商人のアレッサンドロという友人から日本のあれこれを聞いていた。アレッサンドロはイタリア北西部のロンバルディア平原に位置する都市、コモの蚕種商人だ。コモにほど近い絹織物の産地トリノにも事務所を持っており、ミオラがトリノで調理人をしていたときに知り合った。毎年のように日本を訪れているアレッサンドロから聞かされた日本の魅力は、ミオラの日本に対する憧れを強くした。

イタリアの養蚕業者が蚕種輸入のために日本との条約締結を望む中、慶応２（１８６６）年、日伊修好通商条約が結ばれ日伊の国交が樹立された。そして蚕種の本格的な取引が両国の間ではじまった。

日本とイタリアとの関係を深める目的で、ミオラがコックになった軍艦クロティルディ号は明治３（１８７０）年、日本を訪れた。

その航海においては、寄港地で食材を仕入れるのもミオラの大事な仕事だった。仕入れに訪れる街々で見る暮らしと食。ミオラにとってそれは、世界に触れる体験であり調理人として学びを得る機会となった。

インドのムンバイやゴア、タイのバンコクさらに中国の上海や香港。はじめて歩く街に心ときめき、人々の営みが脳裏に焼き付いた。なにげなく裏道に入ると住民の生活は眺めて飽きることなく、その空気にしばし浸ったものだった。

ミオラは横浜で軍艦クロテイルディ号を降りた。日本で暮らすことにしたのである。日本に大いなる魅力を感じ、洋食が普及しはじめた東京でなんらかの仕事を得ることは可能だと思ったからだった。日本へ商売にきていた友人のアレッサンドロに相談すると、日本で職を得て暮らしていくことは可能なはずだと言ってくれたことも意を強くした。

その翌年、フランスから日本にやってきたスリエ曲馬団の調理人の職を得て横浜に住まいを持った。興行に同行しスリエ曲馬団の食事をつくるようになったのである。


スリエ曲馬団は日本に最初にやってきた曲馬団（当時のサーカス団の呼称）だ。フランスを出発し世界各地で公演を行い、明治４（１８７１）年10月の日本到着からは開港都市で公演を行っている。

皮切りとなった横浜公演は大評判だった。その後、浅草や大阪、神戸で公演し、瀬戸内海から日本海側をまわり新潟にやってきたのである。

新潟は地方で有数の港町だ。横浜や神戸などと同じ開港5港のひとつで、外国人にとって移動や興業の自由度が高いことが公演場所となった理由だった。

明治2年の令達で、新潟における外国人の移動範囲は、街の目抜き通りにある県庁を中心に東西南北40キロとされている。広い範囲での移動を認めているのだ。

そして外国人の安全確保にも力を入れていた。

曲馬団が興行場所としたのは、信濃川の河口に近い毘沙門町である。新潟税関からすぐで、よく相撲の公演が行われる草ぼうぼうの荒れ地だ。

江戸時代の鎖国は終わり、明治政府は文明開化を推し進めている。その一環として京都などで博覧会が開催されている。曲馬団の公演も、西洋の庶民文化を国民に知らしめるものとして推奨されていた。

折から新潟でも新潟遊園（のちに白山公園と改称）で、県主催の新潟博覧会が開かれていた。曲馬団の興行場所は、新潟博覧会の会場より2キロあまり下流側にあたる。博覧会と曲馬団、どちらも新潟の住民がはじめて接する西洋生まれのイベントだ。

ミオラがやってきたのは、開港都市として対外的に開かれ、新しい時代の先頭を走りはじめた街なのである。

到着したばかりだが明後日にはもう公演が予定されている。スリエ曲馬団の団員たちは、船旅を終え一息つく間もなくテント張りや客席の設定に取りかかった。

手慣れた作業で舞台がみるみるうちに立ち上がっていく。

この公演では地元の興行師に、興行の許可の取得や公演場所の確保、そして住民への宣伝や告知についても協力してもらっている。

興行師の案内で3人の団員が街を回り、

―スリエ曲馬団くる！

7月4日、於・毘沙門町——

と大書された看板を胸にぶら下げ、ピエロの姿で街の中心部を練り歩いた。


「フランスの曲馬団だよー」

「あさってからだよー」

覚えた日本語で呼びかけ、ときおり路上でトンボを切ってみせる。

道行く人はピエロの赤と白の化粧と衣装に目を奪われた。

「曲馬団ってなんだ?」

「軽業なんかの芸人の一座だそうだ」

「獅子も芸をするらしい」

「獅子は虎とは違うのか?」

異国色あふれたアピールの効果で、噂はあっという間に街を駆けめぐった。

そして公演がスタートした。

会場にはジンタの演奏が流れている。

その哀調を帯びた音色に引きつけられるように、客が運上所通りをやってくる。

馬上でパラソルをさし輪をくぐる軽業、同じく馬に乗っての皿回しや逆立ち、火の輪くぐりにトンボがえり、玉乗り、はしご乗り、空中ブランコ…

人間技とは思えぬ曲芸だ。

はじめて体験するスピードとスリルに人々は仰天した。

「異国の人は身体のつくりが違うんかのう」

「あの離れ技は、手と足が長いからできるんかのう」

「大きなネコじゃのう」

それは、はじめて見るライオンや虎であった。

「あの鳥を見ろ！人より背が高いではないか」

駝鳥もはじめてだった。

曲馬団は大評判となり、多くの人がこの西洋のエンターテインメントを楽しんだ。

公演がはじまって二日目の晩に、医師の竹山屯《たむろ》と連れの振袖、京都で言えば舞子にあたる見習い芸妓のお千も会場にやってきた。

お千は、佐渡で米をつくり牛を飼う農家の生まれである。６年前、11歳のときに古町の置屋に娘としてもらわれてきた。いずれ芸妓になるためだった。

すらりとした背格好で、少しうるんだ目と漆黒の豊かな髪が、感情の豊かさと内なる情熱を感じさせる。

今は振袖だが、17歳になり芸妓にならねばならないときを迎えていた。

医師の竹山は、天保14（１８４３）年に、熊の森村（現燕市）の蘭方医である竹山甫祐の4男として生まれた。江戸に出て蘭学と西洋医学を、さらに長崎の養生所、精得館でオランダ人医師に西洋医学を学んだ。

明治元（1868）年に帰郷し、その年にはじまった戊辰戦争で軍務官診療師となった。その後、毘沙門町に設けられた病院で主医となっている。

短く刈り込んだ髪にひげをたくわえた痩身で、少し厳しい印象の顔つきとは裏腹に、思いやりがあり誰からも信頼されている。医者としての腕も確かであるとの評判である。

古町の座敷でときおり一緒になるお千の好奇心旺盛で明るいところが気に入った竹山は、ときおり蕎麦や汁粉をごちそうしていた。

ピエロのパントマイムで公演がはじまった。

「これが曲馬団かあー。見て！竹山先生。あんな大きな猛獣が犬みたいに言うこと聞いていますよ」

「あれは獅子だな。英語でライオンだ。そして黒いのが熊だ」

お千に説明する竹山だとて、見るのははじめてだった。

「あんな高いところでブランコに乗って、落ちて怪我でもしたら名医の出番ですよ。あの離れ技には佐渡のはしご乗りもかないませんね！」

故郷に伝えられる火消の妙技を引き合いに出して驚きを表すお千だった。

およそ1時間半の公演をふたりは堪能した。

「あーすごかった。手に汗握りましたね、竹山先生」

「お千はどの出しものがよかった？」

「音楽に合わせて馬が踊るのにはびっくりしました。いったいどうやって教えるんでしょうか。先生はどの出しものが？」

「驚いたのは短剣投げだな。両手を広げた女性の身体ギリギリに短剣を投げて、後ろの板に突きさしていくのには冷や汗をかいたよ」

「私も手もとが狂ったらとハラハラしました」

公演会場からの帰りぎわに、テントの外に設けられた調理場で料理をつくるミオラの姿がお千の目に入った。

「あっ、あなたは！」

この前通りですれ違った外国人がそこにいた。

ミオラもあのときの女性だとすぐ分かった。

「きてくれてありがとう！　また会ったネ。曲馬団の芸は楽しかった？」

「あれ、日本の言葉が話せるの？」

「はい。まだまだ十分ではないけどね」

「とっても楽しかったですよ。おまえさん、曲馬団の人だったんですね」

「はい、この曲馬団の調理人ですよ」

ミオラがほほ笑むと、お千もなんだか嬉しくなってほほ笑みを返した。

「ほう、この男とはどこで？」

竹山が聞いた。

「この前すれ違ったんですよ。東堀に架かる鍛冶小路の橋の手前でしたかねえ」

「団のみなさんにおいしい料理をつくってあげてくださいね」

さよならとお千はミオラに手を振った。曲馬団のテントを後にしたお千は、ミオラがつくっていた料理のことが気になって竹山に聞いた。

「団員さんたちはどんな料理を食べるのかしら？」

「塩漬けの肉を焼いたり野菜を炒めたりしているんじゃないかな。米も調理していたようだね」

明治の世になってから、暮らしも楽しみもあきらかに変わってきているのをお千は感じている。

「こんな出し物を見ることができる世の中になったんですねえ、先生」

「維新からわずか7年でいろんなことがこの国に入ってくるものだな」

生活の変化が少なかった江戸時代は終わり、人の暮らしや楽しみに次々と新たな要素が加わる時代がはじまっていた。

そんな時代の変わり目にあって、市井の人々には文明開化の時代の生き方や暮らし方というものがまだよく分からなかった。

誰もがみな、変わっていく社会の中で、少しの不安と大きな希望を抱いて日々の暮らしを送っていたのである。

第2章

堀と柳の街

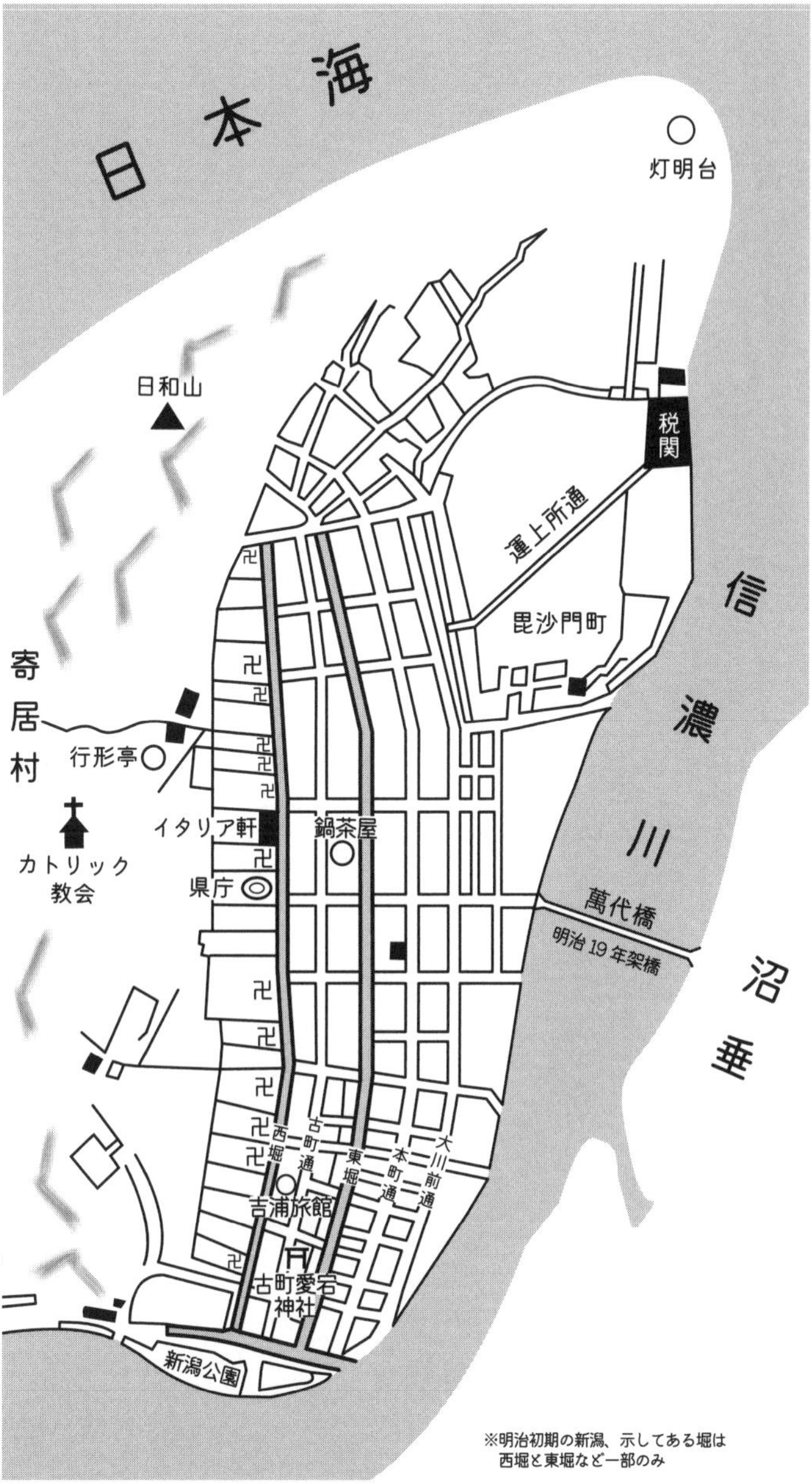

※明治初期の新潟、示してある堀は
西堀と東堀など一部のみ

新潟の名が歴史上はじめて文書の中で確認できるのは、永禄11（1568）年の上杉謙信の書状においてである。地名の由来は、信濃川と阿賀野川の河口の中洲に新しい潟が形成されたことにちなむと言われる。

町の骨格がかたまる大改修は、江戸初期の明暦元（1655）年にはじまった。南北に走る西堀と東堀、そしてその2本の堀と東西に交わる5条の堀が掘られた。これらの堀には人々が大川と呼ぶ信濃川の水が豊かに流れこんでいる。堀はその後さらに街全体に縦横に張り巡らされ、八千八川《はっせんやかわ》の町と呼ばれるようになった。どの堀も流れは豊かで魚も泳ぐ。

街には2本の堀と並行にはしる3本の通りがあり、西から順に西堀、古町通、東堀、本町通、大川前通の並びで信濃川と平行に走っている。この基本構造の中に大小の小路や堀を交錯させせた、整然とした街づくりがなされている。

堀は20を数え、そこに100を超える橋が架かる。橋のたもとには開港に伴い設置された石油ランプの街灯が配置されている。人々は夜になると文明開化をそのほのかな灯りに感じながら橋の上を行き来した。

堀が十文字に交差しその上に口の字に橋が4本架かっているところもある。小さな子供たちはそこをくるくる回って遊ぶ。

西堀と東堀には中国の西湖から取り寄せた柳が植えられ、成長した今は川面近くまで枝垂れしている。

柳は古来、日本人の生活文化の中にあって美意識を駆り立ててきた。「柳は緑、花は紅」という言葉がある。あるがままの美しさを受け入れるのがよいとするもので、新潟の人たちはまさにそのようにして、柳がある新潟の四季を楽しんで暮らしている。

春がくれば柳と柳のあいだを燕が飛び交う。夏には柳がつくる日陰が、降り注ぐ日差しから人を守る。秋には柳越しの月の風情が魅せる。

そして柳とともに新潟の絵を描く堀。その流れの情緒に加え生活の堀でもあった。ところどころに「こうど」と呼ばれる洗い場がある。道からそこへ降りて朝に顔を洗い、食器洗いや洗濯もする。西堀では染物も水洗いされる。子供たちはフナやエビをとる。白菜や大根を積んだ農家の舟が客の声を待って往来する。

夜ともなれば、堀端の料亭から三味の音と唄がきこえてくる。堀の水面には座敷へ向かう芸妓のあで姿と夜ごとに形を変える名月が映り、ゆらゆらと流れに揺れる。

人はそんな新潟を柳都と呼ぶのであった。

新潟県は、ミオラがやってきた明治7（1874）年に、人口136万人あまりを数える全国一の大県になった。新潟はその中心である。

明治の初年に新潟を訪れた外国人は、それぞれの視点で新潟の街を賛美している。

明治3年にやってきたフランスのカトリック宣教師アルンブリュステルは、半年滞在し、司教に次のような趣旨の報告をしている。

「新潟は重要な地点で、町は立派に整いたくさんの堀が縦横に通じている。賑わいがあり日本の西海岸の一大商業中心地だ」

また明治3年1月、イギリスのジェームズ・トゥループ領事代理は、パークス公使に次のような趣旨の報告をしている。

「新潟の住民はおよそ4万人で、その他に約1万人が一時滞在している。周辺地域を合わせた人口はおよそ10万人と推定され、これらの人々が様々な形で港での交易に関係している。廻船問屋が48軒あり、船乗りや町に出入りする人でいつも賑わい、茶屋や遊戯施設がたくさんある。常時200隻ないし300隻の船が港に碇泊し、船荷の積み降ろしを行っている」

またミオラに遅れること4年、明治11（1878）年に来港したイギリス人の女性旅行家イザベラ・バードは、新潟の印象を次のように記している。「絵のように美しい町通り」と題した一節である。

「旧市街はこれまで見てきた町の中では最も整然とし、最も清潔で、見た目も最高に心地よい。［横浜の］外国人居留地のような雑踏もない。ここは訪問者を遠方から惹き付けるいくつもの美しい茶屋とこれまた複数ある劇場がすばらしいことでよく知られ、広い地域の娯楽の中心になっている。みごとなまでに清潔なので、この掃き清められた町通りを泥靴で歩くのは、日光でもそうだったが気がひけるほどである。…（中略）藁《わら》や小枝の一本、紙切れ一枚でも落ちていればすぐに拾って片付けられるし、ごみは蓋《ふた》付きの箱や桶に入っている場合は別として、一瞬とて路上にほうってはおかれない。ここはそれぞれ１マイル（一・六キロ）以上ある五つの町通りと、これらに交わるたいへん多くの短い通り［小路《こうじ》］によって矩形《くけい》に整然と画されている。また堀が縦横に走り、実質的な道をなしている。町通りでは駄馬は一度も見かけなかった。すべては小舟で運ばれてくるのである。（中略）堀は新潟のたいへん魅力ある特色になっている」

［　］は訳者の補記

（『完訳　日本奥地紀行２　新潟－山形－秋田－青森』イザベラ・バード著、金坂清則訳注　平凡社　２０１２年刊）

バードは新潟の街を、「日本にはきわめて珍しい美しさを持っている」と激賞している。こうした情報は来日した欧米人にも知られており、「新潟は有望で魅力的だ」としてやってくる欧米人も多かった。

イザベラ・バード「通りと堀」
『完訳 日本奥地紀行2 新潟-山形-秋田-青森』イザベラ・バード著、金坂清則訳注 平凡社 2012年刊

ミオラは曲馬団の日々の賄いの仕事に追われていた。

１００人を超える団員の食事の用意は大変な作業である。スリエ曲馬団にはフランス人コック１人に加え、スペイン人１人、イタリア人のミオラと合わせて３人のコックがいる。限られた食材で３人はできる限り工夫を凝らした。フランス料理にスペイン料理、イタリア料理と多彩なテイストの食事を、ショーで身体を酷使する団員たちは楽しみにしている。

大所帯であり食材の確保は大変だ。公演先で野菜や果物や穀物や肉、そして卵や乾魚を仕入れ、肉は塩漬けにして保存する。新潟でも食材の仕入れは不可欠だ。聞けばそう遠くないところに、新鮮な食材を入手できる八百屋や魚屋が並ぶ通りがあるという。

食材の仕入れに行きたいと団長のスリエに話したところ、買い出しに行くように許可が出た。たくさんの荷物を背負える屈強な団員を同行者としてくれた。

公演を見にやってくる新潟の人の立ち振る舞いにミオラは惹かれるものがあった。入場に際してはきちんと並んで順番を守り、クライマックスのシーンでは歓声をあげ、ひとつの出し物が終わると惜しみない拍手をしてくれる。それは演じる団員たちを喜ばせた。

ときにはふかした焼き芋を差し入れてくれたし、一杯どうだ？と酒を差し出す男もいた。公演が終わったあとに飲むその地酒が格別だった。

会場にほど近い港で船の出入りを眺めるひとときも好きだった。買い出しに行く街で、人々の生活に触れるのが待ち遠しかった。


市が立つ本町通や新津屋小路の朝は早い。野菜や果物を載せた舟が、夜明け前に近郷近在を出て本町や新津屋小路の堀へ集まってくる。舟でやってくるのは西蒲原の赤塚や四ツ郷屋、中蒲原の曽野木、北蒲原の大形などの農家だ。それは「新潟通い」と呼ばれている。

市では朝４時過ぎからその日運ばれてきた品物が並べられていく。やがて日が昇るころになると、どの店先も買い物をする住民たちで賑やかになる。

中には堀を往来し、客が声がけすると船をとめそこで注文を受け野菜や果物を売るものもいる。

食材の仕入れの初日、日の出とともに曲馬団のテントを出たミオラふたりは、だいぶ明るくなってきたころ野菜や魚などが並べられた新津屋小路の市に着いた。

出店者がたくさんの食材を売っている。

「うまそげらね」

南瓜を見た買い物客の言葉に、売り手が答える。

「ほんのきに（ほんとうに）うんめんだて（うまいのですよ）」

買い手を求めて声が飛び交う。

「い～いきゅうりらて、こうて（買って）いげて！」

陸のものでは、寄居の蕪《かぶら》、津島屋の大根、青山の葱、大郷の茄子、名目所のずんばい（スモモに似た果物）、河渡の西瓜、三条の柿、新飯田の桃、瀬戸の鴨瓜、くねひの鉈豆《なたまめ》、南瓜。加えてきゅうり、水瓜、南瓜、里芋、甘藷（さつまいも）、茶、大豆、玉ねぎ、鬼百合などのうち、その時期とれたものが並ぶ。

海や川のものでは鯛、鯉、こっぺら（カレイとヒラメは区別されずにこう呼ばれていた）、スケトウダラ、かながしら、蟹といった具合だ。

これらを、声をからして新潟弁で売り込むのである。

「ば～かうんめ（うまい）よ！」

「ば～かや～せろ（安いでしょう）？」

「越後のばか好き」という言葉がある。「ば〜か」という言葉をよく使う新潟の人たちをからかった言葉だ。「ば〜か」を新潟弁で副詞として使うときには、軽蔑のニュアンスは含まない。「とても」「ひどく」の意味を表すのだ。

市ではこんな具合に売り手と買い手とがやり取りしていた。

「なじらね？茄子は」

なじらねとは、いかがですか？の意味だ。

「よっぱらくたすけ、今日はいいわ」

よっぱらくたというのは、よっぱらは、つまり「飽きるほど」、くたとは、つまり「食べた」の意味だ。

「あんにゃそん、なじらねー。いっちうまそげな西瓜らよー」

あんにゃそんというのは、未婚の男性の呼

称である。

「このがん、やあすせ〜て（安くしてよ）」

このがんとは、このものという意味で、「あのがん」「このがん」と物でも事象でもなんでもさすことができる。

ミオラと連れの団員は、売り手とのやり取りを楽しみながら品定めをした。

「これは、いくらデスか？」

「どうやって、料理しますか？」

ミオラの問いかけにも売り手はきちんと答えてくれる。

すでに新潟には外国人が暮らしており、野菜売りや魚売りたちは彼らと接触する機会もあった。外国人の買い手であるミオラにそれほど驚いた様子もなく、自然なコミュニケーションをとってくれる。

気に入った店があると足を止めて食材を品定めするミオラに、売り手のおばさんが声をかける。

「異国のあにさま、なじらね？安くしとくすけさ、たくさんこうてね」

「洗ってそのままでも、茹でてもうんめですて」

ミオラたちには聞き慣れない新潟弁だったが、雰囲気は伝わってきた。

きゅうりや茄子、芋や青菜といった食材をふたりで担げるだけ買い込んでいく。曲馬団の公演は大成功のうちに回を重ねており、団長から預かってきたお金は十分にある。ちょうど西瓜がはじまった季節で大玉が並べられている。ひと口食べてみな、と渡された。

「うまい！とても甘いね！」

しかし重くて持ち帰るのは大変である。

「この次、買いますね」

春まき大根も味見した。

甘みがあって瑞々しい。生でも十分おいしく味わうことができる。団員は大喜びするに違いない。たくさん買い込んだ。

日本人は大根好きだ。慶応3（1867）年にはパリ万博に守口大根を出品し、その味がヨーロッパ人を驚かせ人気を博した。品種も増え、亜種も含めると100種類以上になっている。新潟にもいくつかの大根の産地がある。

外国人だからといって値段をごまかすような商売はない。地元の人に売るのと同じ値段で売ってくれ、ちゃんとお釣りを手に握らせてくれる。

「日本人とのやり取りは安心して行える」

ミオラの話す「日本人論」に同僚もうなずいた。

「顔に狡さがない人たちだ。横浜にいる西洋人のような裏を感じない」

ミオラも同僚も、素朴でまっとうな印象を受ける新潟の人に好感を持った。

そして店々に並ぶ食材の豊かさをふたりともすばらしいと思った。

「いい街だな…」

ミオラの言葉に同僚もうなずいた。

「ああ。確かな暮らしがある街のようだ」

明るくきちんと日々を暮らしていこうとする人たちの穏やかで幸せな暮らし、そうしたものがここにはあるとミオラも思った。

ふたりで持てる以上の食材を買い込んでしまい、八百屋の手伝いの若い男に駄賃をやって曲馬団の会場のテントまで荷物担ぎをやってもらうことにした。

テントのある毘沙門町へと帰る道すがら、高札場に貼りだされた布達が目に入った。一昨年、明治5（1872）年に新潟県令の楠本正隆が出した7か条からなる「市中心得書」だ。ちなみに県令が県知事と呼ばれるようになるのは明治19（1886）年である。

明治初期には、政府がそれまでの「慣習の世の中」を「規則の世の中」に変えるべく、おびただしい布告を発布した。政府や県から出されるそれらの布告は、脚夫によって町や村や区に届けられ高札場に貼りだされた。

漢字交じりの文は、ミオラにはよく読めない。

「あなたは文字が読めるのか？」

聞かれた手伝いの若い男が答えた。

「はい。難しい言葉でなければ読めます」

若い男は決して裕福な知識人というわけではない。読み書きできる日本の男は２人に１人と聞いたとき、ミオラにはそんな国がアジアの東の果てにあることが驚きだった。

商人の町である新潟には城下町のような藩校はなかったが、多くの文人墨客が訪れたこともあり教育への関心は高く寺子屋が多かった。児童を集め、読み書きやそろばん、躾など日常の生活のための基礎教養が教えられた。住民の識字率が高い街なのである。

「なんと書いてある？」

若い男が読み上げてくれる市中心得書はこのような内容だった。

・火の用心、盗賊取り締まりのために邏卒（巡査）を置く。

・今まであった塵芥捨て場は臭気を生じ、百病流行のもとになるから、これを取壊しそのかわりに定雇（じょうやとい）の掃除人足を置き、朝は8時から夕方は4時から一般道路を清掃する。よって町家は銘々その家の軒下を清掃し、塵芥を塵取りの中に入れて軒前に出して置け。

・現在家々の軒先や店の前に小便所が設けられているが、これは見苦しいので全部取り壊し家の裏の方に設置せよ。

・道路上に小便をしてはならない。そのかわり横町ごとに新たに小便所をつくっておく。

・すっぱだかは人間にあるまじき行為で禽獣にひとしい。今後すっぱだかで道路を歩いたり、店先に座ったりしていてはならない。それはたとえ幼少のものであろうと、仕事師、船乗りのたぐいであろうと厳禁する。
・道路上に材木、たき木などを積んだり、菜園をつくったりすることを禁ずる。また着物や洗濯物を店先や道路上に縦横に干しているが、通行の邪魔になるから禁ずる。
・堀や川は銘々の用水であるから、そこに塵芥を投げ捨てたり、朽ち果てた舟をつないで置いたりしてはならぬ。また不浄を盛る桶船は、時間を決めて市内に出入りし、不浄を持ち運ぶときは、その桶に堅くふたをして置き、船に積み込むのは夕方の4時、県庁が国旗を降ろす時刻を合図にしてはじめること。
・町々に灯篭を建てるから、これに落書きをしたり傷をつけたりしてはならぬ。

楠本県令は明治初期に新潟で実際に行われていたこれらの行為を禁じたのである。街を清潔で文化的なものにし、開港の街として外国人がここで取引したり住んだりしても不快に思わせない、それが文明開化なのだというのが楠本の考えだった。新潟の文明開化はまず街頭の美化からだというわけだ。

高札場で示されたこの街でしてはならないとすることを聞いて、この街がなぜ清潔なのかがミオラにも理解できた気がした。

楠本のやり方には反発するものもいる。堅苦しい世の中になるのはごめんだというのだ。しかし心得が出てからの2年で、新潟の様子は大きく変わった。街は美しく清潔になった。幕末からの世相で増えていた犯罪者や無法者も減った。

明らかによくなった暮らしは反楠本の声を小さくしていた。

「楠本県令さまはすごい方だ」

そう話す手伝いの若い男は、すっかり楠本びいきになっているように見える。

ミオラが見ている新潟は、イギリス人旅行家イザベラ・バードが絶賛した新潟の4年前の姿だ。楠本県令のもと、江戸時代の町から文明開化の町へと変貌を遂げつつある新潟なのである。

ミオラが買い入れた新鮮な食材でつくる賄いは団員に大好評で、そのための買い出しはミオラの一日の一番の楽しみになっていた。初夏の清々しい朝を歩いて市まで行き、仕入れが終わるとまだ暑くならないうちにテントに戻り、コック仲間とメニューの相談をするのだ。

新潟の夏は東京と比べると猛暑になる時期が2週間ほど遅い。それでも7月も何日か経ちスリエ曲馬団の公演が佳境を迎えるころには、入道雲がモクモクとわき30度近くまで気温が上がる日が続くようになっていた。

銭湯が街にいくつかあるのを知ったミオラは、仕事を終え余裕のあるときは、若い団員と連れ立って入りにいくようになった。顔見知りもでき、この晩は銭湯の入り口で声をかけられた。

「おや、ヨーロッパの色男だね。今日も公演は流行ったかい？」

「はい。お客さん、たくさんきてくれたよ」

「新潟は気に入ったかい？異人さん」

「いい街ですね、女の人もきれいだし」

「新潟にはいい男もいるよ」

「はい。わたしとてもかなわないね」

「おや、このヨーロッパのお人はお愛想もいうんだねえ。はははは」

「お愛想？その言葉、わたし知らない」

「まあいいさ。あんたはいい男だってことさ」

「そうですか！ありがとう」

裸のつき合いは、やり取りをスムーズにしてくれる。ミオラはすっかりこの街になじんできた自分を感じていた。

新潟の躍進は、寛文11（1671）年に西廻り航路の寄港地に指定されたことがきっかけだった。

西廻り航路の開発により、東北や新潟の米は北前船に積みこまれ下関経由で大阪や江戸に運ばれるようになり、全国規模の市場経済が形成された。

新潟港に持ち込まれる各藩の年貢米は、新田開発による生産力の向上とともに年々増加した。加えて年貢米以外の余剰米も市場流通するようになると、それもあわせて新潟港に集められ、やがて年貢米を超えるほどになった。さらに大豆や大麦、雑穀がそれに加わっていった。一方、搬入されてくる各地の産物は、瀬戸内の塩や山陰の鉄、上方の綿織物などであった。

そうした商業活動では、それまで城下町で特権を持ち藩の経済を動かしていた商人にとって代わり、新興商人が主役となった。彼らの活動は商人同士の自由な直接取引で行われた。

全国がひとつの商圏になった豊かな消費生活が生まれ、商人の商いの舞台は藩ではなく全国へと広がったのである。

新潟の経済活動の主役はこうして力をつけた新興商人たちだった。大川前通り（現在の上大川前通り）や本町通りには多くの廻船問屋が店舗を構え、関連の蔵や宿も多く、新潟湊の経済活動の中心となった。

城を持たない大名不在の港町であったことに加え、新興商人の街となったことが新潟の性格づけを行った。

長岡藩の飛び地であり外港であった新潟は、領主が支配する城下町ではなく町自立型の港町で、それは天保14（１８４３）年に天領となってからも変わらなかった。

江戸時代の新潟には、町奉行の下に検断・町年寄・肝煎・町代などの町役人がおり、長岡藩は問屋などの富裕な商人を町役人に任命し統治を任せた。

町役人の仕事は多岐に渡った。町用金の徴収と支出、幕府米の積み出し監督、消防、犯人の捜索、風紀取り締まり、旅人の出入りの確認、訴訟対応…。町の行政はほとんど町役人が取り仕切り、町民は奉行所より町役人が詰める町会所に親近感を持った。

こうして新潟は、自治の傾向が強い言わば自由都市としての風土を持つようになったのである。

天領となった新潟に初代奉行として赴任した川村清兵衛は、「手振り」と呼ばれる盆踊りを見たときの驚きを語っている。江戸の町民たちの律儀で抑制された踊りと比べ、新潟の踊りは解放感にあふれ猥雑性すら感じたという。

川村はまた、外来者が差別を受けずに力を発揮できる町だと感じた。

新潟の商人の屋号は「若狭屋」「越前屋」「加賀屋」「能登屋」「越中屋」「三河屋」「備前屋」「播磨屋」など、西国からの移住を思わせるものが多い。新潟での成功者に外来のものが多いことは、よそものを差別しない土地柄を示している。

天領時代に転入が緩和され、さらに明治に入り職業と居住の自由度が増すと、新潟の人口は増え続けた。周辺の村部や佐渡からも後継ぎ以外の若者が流入した。このような流れが一層排他性をなくしてきた。

新潟には関東のようなやくざものもおらず無頼の徒もいなかった。「うそこき」「理屈こき」と呼ばれることを嫌う堅実で実直な気風の街なのだ。

町人の街であり、武士の教養である漢文や漢詩は育たなかったが、他国からの文人の来港が文化的な刺激を与えてきた。茶や鼓、俳句や画などの習い事を行うものが多く、城下町とは趣の異なる文化が育まれてきたのである。

元禄のころの新潟俳壇の句である。

夕立の跡に島あり日の居り　佐藤夕照
寺々の鐘ちからなや夕時雨　寺院晩鐘
飯豊山雀くらがり雪あかり　飯豊暮雪

歌人も輩出した。天保のころ、新潟を詠った和歌である。

信濃川みな上白く月さえて柳かつ散る秋の初風　玉木勝良

明治になると、住民を威圧するような城や石垣といった封建時代の遺物はむしろ目障りなものとなったが、それらは新潟にはなかった。

街のつくりも、城下町が城を中心とした同心円的な構造になっているのに対し、通りと堀を基軸とした線形集合になっている。それは閉鎖的な城下町に比べ、開放的で流動性ある雰囲気をもたらしていた。そして商業活動をする上でまことに便利なつくりだった。

街には、税関に学校に新潟病院、新潟郵便局、役場庁舎といった西洋風の建物が次々につくられ、城では果たせない新しい時代の役割を担った。

新潟における港町特有の開放的な雰囲気、洋の東西を問わず港町に吹く「自由」の風、それらが土壌となった生活文化を、まだきて日も浅いミオラは感じていたのである。

第3章

怪我と恋

曲馬団の公演が終わりを迎えようとするころに事故は起きた。

ミオラが賄いの支度を終えて一休みしようと、馬の係留場所を横切ろうとしたときだった。来場した家族連れの子供が馬を見て大きな声を出した。

「わーい、馬だ！この前隣村で見た馬よりずっと立派だな！」

その声に驚いた馬が、そばを通りかかったミオラを蹴ったのである。

公演会場のある毘沙門町の病院から、医師の竹山屯《たむろ》が知らせを聞いて治療にきてくれた。

「うーん、これはよくないな。治るのにちょっと時間がかかるぞ」

急所は外れており、命にかかわるような怪我ではないということだったが、脚の付け根の近くをやられておりしばらく歩くのは無理だろうという。

このみたてに顔を曇らしたのは団長のスリエだった。ミオラに言った。

「公演を終えたら新潟を離れなければならない。これからのスケジュールを考えると新潟を出発する日は4日後だ。変更はできない。ついてこれないようなら、おまえを置いていくしかない」

竹山は翌日も曲馬団のテントに治療にきてくれた。振袖のお千も一緒だった。話を聞いて心配だからとついてきたのである。

「ミオラさん、あなた心細いでしょうねえ」

「ミオラは入院させる。お千、時間のあるときにミオラの世話をしてやってくれないか」

竹山の依頼をお千は了承した。

「ミオラさん、ちゃんと先生の言うことを聞いて、いい病人でいなけりゃだめですよ」

「大丈夫。約束スル。お千さん、ありがとう！」

「これ食べる？」

お千は買ってきた草餅を３つ渡した。

「おいしいね。シチリアのカンノーリと同じくらいおいしいよ」

気に入ったようで、クッキーにクリームを挟んだイタリアのお菓子を引合いに出して、餡子の入った草餅のおいしさを伝えた。あっという間に３つとも食べてしまった。

「これだけ食欲がありゃ、心配ないようですね、先生」

お千とミオラがお互いの名を知り、言葉を交わしたこの日は７月７日、七夕だった。

翌日ミオラは大八車で竹山の病院まで運ばれ、入院した。

病室の窓の外には蝉しぐれが降り注いでいた。本格的な暑さもすぐやってくるだろう。

スリエ曲馬団が新潟を去る日まであと３日。

それまでにどうするか答えを出さねばならない。

翌日もお千はやってきた。

「ミオラさんはどんな料理が得意なの？」

「日本の料理と世界の料理はどんなふうに違うの？」

お千は好奇心旺盛な女である。そこは似た者同士だった。遠慮なくいろいろなことを聞いてくる。自分に興味を持ってくれる人がいるのがミオラは嬉しかった。自分のことを聞いてくれる人に久しぶりに会った気がした。

ミオラは持てる語彙を駆使し一生懸命に説明した。なぜ自分は料理に携わってきたのか、そして自分の考える料理とはどのようなものなのかを。

「料理は音楽や絵と似ているところがある。いい音楽や絵と同じように、おいしい料理は人を幸せにしてくれる。だけど、絵や音楽のどんなところがすばらしいのかを全て言葉で説明するのは難しいのと同じように、食べた料理のすばらしさを言葉で全て表現するのは難しい。なぜかを言葉で説明できなくとも、豊かさや幸せを人にもたらしてくれる。それが料理だよ」

世のなかには、言葉で説明するのが難しいすばらしさというのは確かにある。

例えば、好きな人をなぜ好きなのかを言葉で説明するのも難しい。

ミオラに会うことがなければ、そんなふうに考えることはなかっただろう。

「食べた人が幸せを感じることができる料理をつくる、それをわたしの仕事にしたいと思った。イタリア各地の料理には、それを生み出したそれぞれの土地がつくり出す物語がある。それぞれの個性が食の世界を豊かにしてきた」

「新潟はどう?」

「とてもいいところ。街はきれいで、人はみんな温かくて優しい」

　ミオラの話す新潟の感想は、お千にとって興味深いものだったようだ。

「新潟ってそんなにいいところなのね。そんなふうに思ったのは、生まれてはじめてかもしれない。ほかを知らないから…イタリアの料理はおいしい？」

「わたしたちイタリア人は、美食、いや、と言うよりも暴飲暴食と言う方が正しいかな、そんな習慣で知られるローマ人の末裔だ。フランス料理だって、16世紀ころにメディチ家の王女がフランスの国王に嫁いだときに伝えたイタリア料理が基本になっている。まあそれからだいぶ変化してはいるけどね」

「イタリアそしてヨーロッパの野菜や果物には、どんなものがあるの？」

「新大陸の発見が多くをもたらした。トウモロコシもサツマイモも南瓜もそうだ。そしてジャガイモやトマト、インゲンマメ、南京豆もみんなそうだ。赤いトマトは、前は観賞用だったそうだけどね」

「へえー、よく知っているのねえ」

「わたし、コックだからね。腕のいいコック、つまり調理人ね。はははは」

「そうでしたね。あはは」

　ミオラは手を振ったり首を振ったりの大きなジェスチャーを交えて話す。そして顔の表情を、話の内容に合わせておおげさに感じるほど変える。

「あなたの話すときの大きな動作は、まるで芝居役者みたい」

「イタリア人はみな同じ。自分の気持ちをちゃんと伝えるために少しオーバーなくらいになってもそれは普通なんだ。それは気持ちを通じ合わせるために、そして人生を楽しむために大事なことだよ」

様々な方言で分断されたイタリアでは、ローマ以来、ジェスチャーが優れたコミュニケーションの手段として用いられてきた。それは言葉の壁を乗り越えて感情や意味を表現するのである。

「なんとなく分かったわ。でも日本でそんなふうに会話していたら、きっとヘンな人と思われちゃうかも。あなたは人生ではじめていろんなことを話す間柄になったヨーロッパ人。確かに違うところはたくさんある。でもその違いがイヤなわけじゃないの…こうしているとなんだか不思議だわ。江戸の世の中だったら決して出会うことはなかったわけだもの」

そしてお千は心の中で思った。

—私にこれからも知らない世界を見せてくれる人かもしれない—

竹山の病院から戻る道、夏の風が心地よかった。どこか知らない遠いところから吹いてくるような気がした。まだ見たこともない世界から。

ミオラにも、自分の世話をしてくれるお千への、感謝だけではない気持ちが芽生えていた。自分の話に耳を傾けてくれることが嬉しかった。イタリアから遠くはるか極東の地で、そのような女性と知り合えた幸せを思った。

自分の知らないことを知りたいというお千の眼差し、芸妓になるために学んできた立ち振る舞い、優しい心根を感じさせる話し方、それらに心惹かれた。

そして外国人である自分に対し、壁をつくらず接しようとするお千は、どこかイタリア女性に通じるものを感じる。

病院の窓から見る庭に橙色のユリが咲いていた。故郷でも見た花だ。

お千に少し雰囲気が似ているかもしれないとミオラは思った。

そのとき、部屋の戸を叩く音がした。

入ってきたのは竹山だった。

「ミオラ、脚は痛むか？」

「動くときに痛いです。トイレまで歩くのが大変」

竹山とは診察が終わるといろいろ話をする。

その話の中でミオラは、新潟が開港都市として日本の大きな期待を背負っていることを知り、よそ者を差別しない雰囲気を持った街であることを知った。

怪我をしてからの3日間はミオラにとって、大切な人と知り合うことができ、新潟のことを知ることのできた時間となった。

怪我は竹山の適切な治療もあってかなり回復している。少し無理をすれば、スリエ曲馬団についていけないこともないようにも思える。

スリエ曲馬団についていくべきか。それとも新潟に残って別の仕事に挑戦すべきか。イタリア人が自分の他に誰もいないこの地で、これから先ずっと生きていけるのか。そのために必要なのはなんなのか。いつか後悔する日が、寂しくてたまらなくなる日がきてしまうかもしれない……

その夜スリエ曲馬団の団員、レオンが見舞いにきた。ちょうど帰りしなだったお千は、軽く頭を下げて部屋を出た。

「ミオラ、足の具合はどうだい？」

「治れば前と同じように歩けるようになると、医者の先生は言っている」

「そうか、それはよかったな！みな心配していたんだ」

空中ブランコの演技をするレオンとミオラは仲がよかった。前から思っていたことを聞いてみた。

「レオンの人生はこれまでずっと公演の旅から旅だった。いつかはどこかの街に腰を落ち着けて暮らすこともあるのかい？」

「俺の居場所はこの曲馬団だ。腰を落ち着けるところはここさ。身体が利かなくなるまでブランコに乗り続ける。そんなことを聞くなんて、ミオラ、まさかここに残るつもりなのか？」

「実はそれで悩んでいるんだ」

レオンは少し驚いた様子だった。しばらくして言った。

「ここはいい街だ。俺も好きになった」

そして思いあたったように言った。

「さっき出ていった女性、きれいな人だったな。世話をしてくれているのかい？」

「ああ」

「あんな人が世話をしてくれるならそんな気にもなるるな。ははは」

ミオラは「とても感謝している」とだけ返した。

ミオラは人生の大きな分岐点に立っていた。そして自問自答を繰り返した。

「スリエ曲馬団での仕事を捨てることができるのか？―スィー（ＹＥＳ）」

「この東の果ての国で自分の人生の最もいい時期を送る覚悟はあるのか？

―スィー（ＹＥＳ）」

「ここに残って食の仕事で身を立てる自信はあるのか？―スィー（ＹＥＳ）」

雰囲気のいい街と温かい人たち、そしていい食材。子供のころから抱いてきた異国でなにかに挑戦するという夢、そしてほのかに芽生えつつあるお千への思い…

曲馬団での旅の暮らしは悪くはなかった。得たものもたくさんあった。これから新大陸を目指すというスリエ曲馬団の公演の旅も魅力的ではあった。曲馬団に同行して旅をすれば、若いころから思い続けていた「世界を見て、知る」ことが叶う。

しかしこの街で地に足をつけて暮らすことの魅力は、それを上回っているように思えた。

なにかを失うことなしには、なにも新しいことをはじめることはできない。これまで人生の分かれ道にさしかかると、ミオラはいつもそう考えてきた。

「錨をおろしたままでは幸運に会うことは決してない。だから船を出して挑戦するのだ！」

藍色の闇に飲み込まれていく窓の外を眺めながら、本で読んだシェイクスピアのそんな言葉を思い出していた。

実際には出ていく船には乗らず、この地にとどまってシェイクスピアが説く挑戦を行う。つまりシチュエーションは逆だが、イギリスの偉大な作家の言葉が鼓舞してくれる気がした。

調理人としての研鑽は十分に積んできた。イタリアやフランスのマルセイユのレストランでの修行は合わせて8年に及んだ。それは調理人としてのベースになっている。

加えてスリエ曲馬団に加わってから、フランス人とスペイン人の調理人仲間からもフランス料理とスペイン料理の多くを学んできた。

イタリアの軍艦で寄港したインドや中国では、東洋の食文化に触れることもできた。スリエ曲馬団の調理人としての務めもきちんと果たした。もう十分に経験は積んだ。

この極東の港町でどんな人生が俺を待っているのか。

いや、それは自分でつくっていく以外ない…

日本は明治維新でなにもかもが変わりつつあった。食の世界においても、だ。新しい時代に入った国に相応しい新しい料理、それを提供する仕事には意味も需要もあるはずだ。すでに東京や横浜には西洋料理店が次々に誕生し評判を得ていると聞く。開港都市である新潟にも間もなくそうした時代がやってくるだろう。そうした時代を切り開く役割を自分が担えるかもしれない。

いよいよ翌日には答えを出さなければならない夜、お千に聞いた。

「わたしが西洋料理をつくったら、新潟の人、食べてくれるだろうか？」

その言葉から新潟に残りたいのだという気持ちがお千に伝わった。

「きっとみんな喜んでくれる。東京じゃ西洋料理店がどんどんできて評判だと聞きますよ」

梅雨があがって降り注ぐようになった陽光も、ミオラの気持ちを後押ししたのかもしれない。スリエ曲馬団と別れ、新潟に残ることにしたのである。

「スリエ団長、お世話になりました。新潟に残ります。ご迷惑をおかけしますが、団を離れることをお許しください」

「ここに残ってなにをやって生きていくんだ？」

「料理をつくるとか、なにか食に関わる仕事を探すつもりです」

「そうか、おまえと別れるのは残念だがやむをえない。我々はこれから函館で興行して、横浜からアメリカへ渡る。いつの日かまた会えるときもあるだろう。元気で暮らせよ」

「はい！団長には心から感謝しています。どうかこれからもお元気で！」

仲よくなった団員やコックたちも別れを惜しんでくれた。

「ミオラ、おまえならどこででも生きていける。その腕があるさ！」

「スリエ曲馬団のみんな、俺は興行の旅の幸運を新潟で祈っている。これまでのことに心から感謝している。みんなにはお世話になった！さらばだ」

骨組みが解体されテントは取り払われた。およそ10日間の公演を終えたスリエ曲馬団一座は、船で次の興行地である函館に向かっていった。

興行の舞台があった場所には、再び夏草が生えるだけの空き地が残った。


曲馬団が去り残されたミオラは、竹山の病院の一室で怪我の回復に努めることになった。竹山にとってミオラはただの厄介者のケガ人ではなかった。開明的な考え方と広い視野を持つ竹山は、海外の情報を得ることにも熱心である。その意味でミオラはすばらしい情報の提供者だった。

イタリアでどのような生活を送ってきたのか。ヨーロッパにはどんな社会があり、どんな政治がなされているのか。そしてこれまでに日本に着くまでに訪れたアジアの街では、なにを見て、なにを食し、なにを感じたのか。

そんなあれこれを、酒を飲みながらミオラから聞くのが竹山の一日の終わりのルーティンになった。

ミオラが話すイタリアの食の歴史はこのようなものだった。

イタリアでは中世も終わろうとする12世紀末から13世紀にかけて、北部と中部に都市国家が生まれた。ヴェネツィア、トリノ、ミラノ、ボローニャ、フィレンツェ、ペルージャなどである。

これらの都市では商工業が営まれ、ヴェネツィアやジェノヴァなど海外貿易で莫大な利益をあげるところも出てきた。

そして14世紀になるとルネサンスがはじまり、16世紀にかけてヨーロッパの先進国になった。都市国家はそれぞれ独自の文化や食を育んだ。それがイタリアに文化や食の多様性を生んだ。住民たちは、独自の文化や料理を大切にしてきた。そしてみな、自分たちの地方の料理を愛していた。

イタリアが南北に長く、南と北で気候が大きく違うことと、そして産物が違うことも食の多様性につながった。

イワシなど海産物のとれる地域、トマトの産地、フィノッキオの産地、羊を放牧するチーズの産地、乳牛のパルメザンチーズの産地。それらの産物の違いが独自の料理を生み出した。

肉のメッカ、ボローニャではミートソースが生まれた。ナポリではピッツァである。

竹山にとってはじめて聞くことばかりのイタリア食の歴史だった。

「日本にくる前には、この国についてどんな情報を得ていたのだ？」

「日本についてはすでに多くの本や記事が出ています。例えばV・F・アルミニョンの『日本とコルヴェット艦「マジェンタ」号の航海』です。とてもいい本で日本理解の必読書です。日本では仏教と神道というふたつの宗教が共存しているなど興味深いことが書いてありました」

世界にデビューして間もない日本である。この国のことはどう評価され、どのような見方をされているのか。それは竹山の大きな関心事であった。

「イタリアやヨーロッパの人たちの日本観はどのようなものだ？」

「アジアで最優秀の国だとみなされています。将来的にヨーロッパのライバルになる可能性すらあると」

「ほう。清ではなく日本がそのように見られているのか」

「そして、穏やかで理解力があり礼儀正しく清潔であることは、イタリア人より上かもしれません」

「ははは。絶賛だな」

さらにミオラは、日本人に対して持った率直な感想を話した。

「西洋人は貪欲です。対して日本人は素朴で素直で道徳的です。まだよく知ったわけではないけれど、芸術にも独特の感性を持っていると感じます」

まだ江戸時代の人情や人との付き合い方の流儀を残す明治になったばかりの日本人、そのふるまいは欧米人にないよさがあるとミオラには思えた。

新潟で知り合った竹山やお千、そして街の人たちにも好感を覚える。知るほどに、日本に新潟に惹かれていた。

そしてミオラは、竹山にとっては意外な視点で日本のすばらしさを指摘した。

「確かに一般の人々は豊かとは言えません。しかし暮らしていくに困っているというわけではなく、食事も十分にとり、着るものもまず十分に手に入れ、住むところも清潔です。世界でこのように一般市民が豊かに暮らしているところはないかもしれない。イギリスやフランスは階級社会で、庶民は暮らしも貧しければ、文化的にも多くを生み出しはしていません。しかし日本では庶民が自らの文化をつくりあげています。浮世絵もそう、落語もそう、歌舞伎もそうで、それらは庶民の文化です。そしてときには蕎麦屋や鮨屋でおいしいものを食べることもできます」

「これは驚いた。そんなふうに西洋人の目に日本が映るのか」

「そうです。わたしだけがそう思ったのではない。そうした庶民の暮らしを写した写真が、ヨーロッパではとても人気があります。それがなによりの証拠です。みんな日本人の笑顔や楽しそうな暮らしぶりに驚いて、それを好きになっているのです」

お千も時間をつくってはいそいそとやってきて竹山と一緒にミオラの話を聞き、異国のロマンと不思議議に胸をときめかせた。

「風鈴を持ってきましたよ」

この日、竹山は回診で不在だった。ミオラと差し向いで話に花を咲かせた。

窓に吊るした手土産の風鈴が鳴り、ほのかな涼しさを感じさせてくれる。

「イタリア人ってどんな人たちなの？」

「みんな人生を楽しんでいる。気楽に楽しむんだ。気楽に食べて、働いて、遊んで、愛して、そして生きる。それがイタリア人だよ」

「ミオラさんの故郷はどんなところ？」

「生まれたのはトレンティーノ地方プリミエーロの農家だが、やがてわたしの一家はトリノに引っ越した。トリノは広々とした平野の真ん中にある。新潟から福島県境の山々が見えるように、アルプス山脈の山々の連なりがトリノから見える。街は広い通りを持ち歩道もすばらしく広い。歩道はアーケードで覆われ、日よけになってくれるし。雨が降っても雪が降っても濡れないで歩けるよ」

「それって新潟の雁木《がんぎ》とおなじね！」

雁木《がんぎ》とは、雨や雪が降っても歩行者が濡れずに歩けるよう、道路に面した町家の庇を長く張り出して下を通路としたものだ。

「そうだな、わたしも雁木《がんぎ》を見たときにはトリノをちょっと思い出した」

「食事するお店はあるの？」

「通りの両側にはイタリアの料理を出すレストランが並んでいる。窓を開けて行き交う人や街の様子を眺めながら食べる食事は最高だ。なにを食べてもすばらしくおいしいよ」

「どんな料理？」

「そうだな、食事の例をあげるならまずスープだね。そしてシタビラメやサーモンさらにマトンかビーフのロースト。骨付き牛のＴボーンステーキもいけるよ。豚の背肉と香草をグリルしたアリスタもよく食べた。トスカーナ地方からきた料理だけどね。あと好きなのは、牛の胃袋をトマトソースで煮込んだトリッパ、鶏のハーブ焼き、そしてもちろんいろんなソースで食べるパスタだ。野菜はアスパラガスとかあとは日本での呼び名は分からない向こうの種類だ。今あげたのは、なにかあったときのごちそうで、普段はそんなに贅沢はできない。果物はアプリコットとかイチジクとかブドウとか」

　聞いたことのない名前がたくさん出てきて、お千には理解できないことも多かったが、肉と野菜を使った多彩な料理があるのだというのは分かった。

「イタリア以外のヨーロッパの国の食事もおいしいの？」

「イギリスなどのアングロサクソン系は、どちらかというと料理への興味がフランスやイタリアに比べると薄いかもしれないな。牛やほかの肉を入手しやすいのでそれを焼くだけでいいというところもあるからだ。イタリアは山が多く平野が少ないので耕地が狭い。牛や羊の放牧に十分な土地も少ない。だから茸やイカ、蛸などの海産物でもなんでも調理して食べる。貧しさだからだけどむしろ健全かもしれない」

「ミオラさんが食事に関して心がけていることは？」

「イタリアの生んだ天才、レオナルド・ダ・ヴィンチは言っているよ、健康でありたいなら食欲がないときには食べてはいけないと。怒ることなく暗い気分から遠ざかれと。食生活こそ健康にとって最も大事なことで、そしていつも明るく過ごすことだとね。まさにそのとおりだと思う」

「その点いつも明るい気分で過ごすミオラさんは満点ね！街の人たちはどんなふうにして過ごしているの？」

「トリノは広い平原の真ん中にあり、広い通りと舗装された広場を持つ。歩道はヨーロッパの他の都市の通りと同じくらいの幅がある。家々は大きくて美しい。広場は大理石で舗装されている。トリノの人はみな散歩好きだ。夕方になると仕事を終えた人たちが散歩がてら広場へやってくる。夜になるとガス灯に灯《あか》りがともる。そしてばったり会った友だちと、ベンチに座ったり店に入ったりして話をする。それが大きな楽しみだ。いろんなことを話して一日を終えるんだ」

「ミオラさんが物知りなのは、友だちとそんな会話をしていたからかな」

「トリノには本屋がたくさんある。本好きな人同士で、買った本を貸しあって読むんだ。そして感想を言い合う」

「故郷の暮らしが好きなのね」

「鐘の音が鳴ると一日がはじまり、一日の終わりにも鐘が鳴る。これが街の暮らしだ。イタリアにはカンパニリズモという言葉がある。郷土への愛、という意味だ。イタリア語で鐘をカンパーナという。そこからきた言葉だ。イタリア人は、生まれ育った土地が一番いいと思っている。だから自己紹介するときには、トリノ出身です、とかナポリ出身ですとか出身地を言うんだ」

「他にはどんな街が？」

「ミラノがとても印象的だった。ミラノも大理石で舗装された歩道の頭上がアーケードになっている。歩道には至る所にテーブルが置かれている。そこで食事をしたり、お茶を飲んだりするんだ。最高においしいレストランが何軒もある。美術館や大聖堂などの建築物も多く、そこには美術史の傑作が展示されている。本物だよ。天才や巨匠たちの芸術は、本物を見なければ真の価値は分からないよ」

「新潟に似た街はイタリアにある？」

「イタリアにあるヴェネツィアは、１６０の運河と５００の橋がある水の町だ。新潟に似ている。新潟はアジアのヴェネツィアだね」

お千の問いかけにミオラは、コックの修行をした街のひとつヴェネツィアをあげた。新潟しか知らないお千にとって、地球の半分を旅してきたミオラの話す世界は心躍る物語に満ちていた。

「故郷を遠く離れてさみしくはないの？」

ミオラもいつの日か、故郷を恋しくなるときがくるのだろうか。そう思ったお千が聞いた。

「寂しいよ。でも寂しさを乗り越えて自分が選んだ仕事をする。それが生きることだと思う」

そのとき、窓の外に激しい夕立がきた。

大粒の雨はすぐやみ、一条、二条と陽が部屋に射してふたりを照らした。

それを見たお千は、ミオラの話は自分にとってまだ見ぬ世界を照らしてくれる光のようだと思った。

仕事の合間にやってきて世話をする日々は、お千にとってミオラをより深く知るすばらしい時間となった。

どんなことに感動し、どんなことに涙し、どんな切なさを胸に抱いているのか。ミオラの心を少しずつ知っていくにつれ、イタリア人と自分たちとの間には人間としての本質的な違いなどないのではないかと思うようになっていた。

人は人のことをよく知ることによってしかその人を好きになれない。お千の心の中に今それが起きていた。より知ることが幸せな気持ちを大きくしていった。

—この人は人生で、食を仕事になにかを成し遂げたいと思っているんだ—

その思いも理解するようになっていた。

ミオラにとってもこれほど日本人と深く話す機会はこれまでなかった。

異文化の中に身を置くと、自分とはなにもので、違う暮らしを持つ他者とはなにものか、という問いに向かいあわざるをえない。

ミオラはその問いへの答えを探す中で、自分と日本人とは、違いよりも大事な部分で通じている同じ人間なのだということを、お千や竹山との会話で見出すことができた気がした。

8月20日、猛烈な台風が新潟を襲った。多くの家で屋根が飛ばされ、倒壊した家もあった。ケガ人が多く出て亡くなった人もいた。

病院でも木がなぎ倒される被害が出た。そのあと片付けをお千と手伝った。

「あんなにひどい嵐はよくあるのかい？」

「いつも涼しくなりはじめたころに、その年はじめての野分がくるの」

野分、つまり台風のことだ。

「ケガ人もあったようだね」

「吹き飛ばされて堀に落ちた人もいたそうよ。増水していたから流されてしまった人も出たと聞いたわ」

秋には台風が襲う、そして冬場になるとこの地では雪が降るという。大雪の年には屋根まで積もるそうだ。どうやら四季のはっきりした土地柄のようだ。それを味わうこともまたこの地で生きていく上での楽しみになるだろう。

太陽が黄金色に燃えた夏の盛りが終わり涼風が吹きはじめるころ、ミオラの傷はすっかり癒えていた。

第4章

開港都市

16年前の安政5（1858）年、日本は米英仏蘭露の五か国と修好通商条約を結んだ。200年以上にも及んだ鎖国は終わり、本格的な開国へと舵を切ったのである。

貿易の場として選ばれた5つの港は開港五港と呼ばれ、そこでは外国人が住むことと自由貿易を行うことが認められた。

北前船の寄港地として栄えていた新潟港も、「日本海側にも一港」という諸国の要求に応じて開港都市に選ばれた。

能登の七尾など他の港の開港を主張する国が多かったが、新潟は幕府の領地であり、攘夷鎖国を叫ぶ志士などいない町人の町である。外国人とのトラブルに幕府は気をつかっており、いざこざを起こす心配の少ない新潟で最後まで押し通した。

修好通商条約締結の翌年、安政6（1859）年の4月に一隻の黒船が新潟にやってきた。ロシア政府の命により調査にきたロシアの船だった。そのとき港には多くの和船が停泊しており、緊張がみなぎったという。

ロシア人たちは10人ほどのチームをいくつかつくって上陸した。一行は本町通りや大川前といった市の中心部まで見て回り、夕刻に帰船していった。

同じ日にオランダの船も渡来し、下船したオランダ人たちが市中を歩いて街を視察した。

慶応3（1867）年7月には、アメリカ公使ヴァン・ヴァルケンバーグを乗せた木造軍艦シェナンドー号が新潟を訪れた。

ヴァルケンバーグの本国への通信によると、７月12日６時に新潟港沖合に投錨し、長く伸びる砂州により港に入ることができないため、一行は小舟に乗って上陸した。港では奉行以下多くの役人たちや一般人が出迎え、寺に案内されて果物や菓子、茶がふるまわれた。奉行が町を案内し、２時間ほど市中を見て回った。

報道機関などない時代のことだったが、口伝で噂が広まるのはあっという間だった。歩き回る外国人の姿を目のあたりにした新潟の住民は、時代の波がうねって押し寄せてきているのを強く感じたであろう。

通信には、およそ３万５千人という住人のほとんどが、外国人見物に出ていたのではないかと記されている。

またその年の８月には、パークス公使らを乗せたイギリス海軍バジリスク号、フランス軍艦ラブラス号が来港した。

こうした中、慶応４（１８６８）年、河井継之助率いる長岡藩と新政府軍が戦争状態に入ると新政府は列国に通告する。

「戦争は終わらず、新潟開港は延期せざるをえない。外国人は新潟地方に行かないでほしい」

戊辰戦争中、新潟が舞台となった北越戦争と呼ばれる戦いでは、まず長岡が主戦場となり、7月に入ると新潟も戦場となっていく。

北越戦争で新潟の人々は消極的にではあるが新政府軍を支持した。新潟では春先から旧幕府や水戸藩の脱走兵が新潟にくるようになり、金品強奪や暴行に及んだ。長く天下泰平だった新潟を突然見舞った乱暴狼藉に人々は恐怖し、佐幕派のみならず封建体制そのものへの嫌悪が生じた。

江戸時代の過酷な課税への不満もあった。それがいくらかでも軽くなればずっとよい暮らしができる。圧制を行ってきた領主からの解放者としての新政府軍への期待も起きた。

確かに新政府軍も佐幕派の軍と同じように武士たちによる封建的軍隊ではあった。しかしこれまでとは違い、自分たちの声が行政に届くのではないかと人々は期待した。新しい時代の到来に夢を託したのである。

新潟における戦いは、米沢藩士を中心とする佐幕派の新潟守備隊と、これよりはるかに多い新政府軍との間で行われた。

開戦の前に新潟の住民はほとんど近郷に逃げ、誰もいない死の街と化した。

佐幕派の米沢藩士らは、街の住宅密集地で新政府軍と白兵戦を繰り広げた。新政府軍はほどなく新潟奉行所を占拠し、新潟守備隊は総崩れとなる。このときいずれかの軍により古町通の民家に火が放たれた。火は古町通や寺町通といった中心部を焼き、500軒もの家屋を消失させた。

７月29日、新潟は新政府軍に制圧される。８月中旬には越後全域の戦闘が終わった。街へ戻った新潟の人たちは、この戦いで徳川の世は終わり、天皇と新政府が新たな支配者となったのだということを理解したのである。


新潟が実際に開港したのは明治元年１月だった。ミオラが新潟入りする５年前である。江戸幕府によってではなく、明治の時代がきてから新政府が開いた港だということが、開港都市としての新潟のひとつの特徴となった。

北越戦争の終結を機に、外国人の本格的な来港がはじまった。

彼らの目に新潟はどのように映ったのか。

戊辰戦争の翌年、明治２（１８６９）年７月に新潟を視察したイギリスのフレデリック・ラウダー領事は、パークス公使に次のような趣旨の報告をしている。

「新潟は交易に適した位置にある。内陸部とは水路による行き来が容易で、奥州、出羽の養蚕地域、越後の茶栽培地域、会津の銅山の積出し地となっている。新潟港は日本の少なくとも４分の１の地域の輸出を担いうる土地だ」

また明治３年１月のイギリスのジェームズ・トゥループ領事代理からパークス公使への報告の要旨はこのようなものだった。

「内陸交通に関して絶好の位置にあり、広く豊かな地方の中心に位置することから、外国交易に適した地であることは明らかだ」

イギリスの外交官たちは、はじめて見る新潟をこのように評価していた。

新潟における外国人の居留目的は国によって違いが見られた。

イギリス人は領事（外交官）と語学教師そしてプロテスタントの宣教師であり、ドイツ人は貿易商人であり、フランス人は宣教師であり、アメリカ人は宣教師と語学教師であり、オランダ人は貿易商人であった。

そしてイタリアからきたミオラだ。

新潟在住の外国人は、ミオラが訪れた明治7（1874）年には5人、明治8年に13人、明治9年には佐渡と合わせて21人となる。

新潟は開港都市となったことで、貿易や経済面でのさらなる発展と、海外の知識や文化をいち早く吸収する文明開化の窓口としての役割を期待されるようになった。

まだ戊辰戦争が終わってそれほどの年月は経っていない。戦火の記憶も生々しく、家の壁や柱そして庭木や塀などそこかしこに撃ち込まれた銃弾の跡が残っている。

しかし江戸という時代が去ったことを、人々は文明開化の風が吹くようになった街を、日常的に歩く外国人の姿に感じていた。

新潟における明治という時代はそのようにしてはじまったのである。

明治7年もお盆を迎えるころの昼下がり、怪我から回復の兆しが見えてきたミオラが所在なく窓の外を眺めていると部屋に竹山がやってきた。

「ミオラ、旅館で調理人として働く気はないか？」

包丁で食材を切る仕草をしながら話す竹山に、ミオラは即答した。

「やらせてください！」

「まだ旅館の名前も言ってないぞ」

「竹山先生が勧めるところなら間違いはありません」

「そこの主人は元サムライだ。しっかりした男だ」

竹山が紹介したのは旧長岡藩士、吉浦永年の営む古町の上手にある旅館だった。

旧長岡藩は戊辰戦争で河合継之助の統率のもと新政府軍と激しい戦いを繰り広げた、新潟を代表する佐幕派の藩である。明治3（1870）年10月に廃藩となったあと、吉浦は長岡の屋敷を引き払って新潟に移り住みこの旅館を営んでいた。

明治になり江戸時代の武士たちは、刀を捨てた生き方を強いられている。

新潟県には家族も含め、7,800戸、3万8千人の士族がいた。総人口の7パーセントである。彼らは腰から刀を外され、明治初年に家禄支給を打ち切られた。

社会から放り出された武士たちは、生き方を自分で探さねばならなくなった。

教員や官吏、巡査になったものもいる。刀ではなく鍬をふるう農業に従事したものもいる。北海道へ行って屯田兵になったものもいる。三面川の鮭事業をはじめた村上藩士もいる。裃を脱いで半纏を着て商売をはじめたものも多かった。その商売は、団子屋、菓子屋、豆腐屋、洋服の仕立屋など様々である。しかしいわゆる武士の商法で、すぐ客とケンカしてうまくいかず窮乏するケースが多かった。

戊辰戦争で新政府軍と戦った長岡藩の藩士たちは、賊軍の汚名を着せられただけに、特に身の振り方が難しかった。その多くは生活苦に喘いでいた。足軽などの下級藩士たちの中には、盗みを働くものさえあったという。

長岡藩主だった牧野氏は造り酒屋をはじめたが、うまくいかずすぐ廃業している。

明治9（1876）年には旧長岡藩士が長岡女紅場《にょこうば》を開業している。女紅場《にょこうば》とは、明治初期の女子教育機関で、「女紅《にょこう》」と呼ばれた女性の裁縫や手芸の教育を行うものだ。生活苦に喘いでいた士族の生活のために、その子女に仕事の場を与え、長岡の特産品を育成しようというものだった。

経済的窮乏と特権の喪失で多くの旧士族は不満を募らせていた。明治7年2月、新政府を去って下野していた江藤新平が起こした佐賀の乱を皮切りに、次々と士族の反乱が起きた。

明治の世になってからは、多くの士族が「かつての藩士」以外の立場も役割も持たぬ存在として暮らしているのだ。その中には「忠臣は二君に事えず」などと理屈をつけ、自堕落な暮らしに陥ってしまうものも少なからずいた。

よそ者を受け入れる風土が知られている新潟には、そうした旧武士階級や新興商人など様々な素性の人間が、仕事を求め入り込んできている。吉浦もそのひとりだった。

新潟の街には料理屋が多い。『越後土産』という元治元（1864）年の本は、「鍋茶屋」「行形亭」「鳥清」「緑ずし」「天ぷら茶漬」「魚政」「くし源」など37軒の料理店と11軒の蕎麦屋が新潟にあるとしている。豊かな食生活を送ってはいるが、蕎麦屋や鰻屋、鮨屋はあっても西洋料理を食べることのできる店はない。

これからその需要が増すだろうと考える吉浦は、西洋料理の調理人を探していた。医師の竹山は吉浦からその話を聞いていた。そこで目をつけたのがミオラだった。ミオラの話を吉浦にしたところ、吉浦はぜひ会いたいと竹山に言った。

吉浦の旅館は、料理屋と旅館の立ち並ぶ古町の上手にある。

夏も終わろうとするころ、ミオラは吉浦に会うために古町通を歩いて吉浦の旅館に向かった。竹山の病院から20分とかからない。途中で車夫のひく人力車と何台もすれ違った。着いてみると、2階建ての立派な旅館であった。

「こんにちは。ミオラです」

「あなたか！噂のイタリア人は。私が吉浦だ。あなたの話は竹山先生から聞いている。で、どんな料理ができる？」

「新潟の食材ならつくれるメニューはたくさんありますよ」

「言葉はなにが話せる?」

「故郷のイタリア語はもちろん、スペイン語とフランス語は日常的な会話なら。英語も少しならできます」

「それは頼もしい。外国人客への対応もそれなら心配はいらんな。では引き受けてくれるか?」

「はい。一生懸命にやります」

話はすぐまとまった。


9月に入って間もないころミオラは家を借りることにした。新潟には横浜や神戸のように外国人居留地は設けられず全域が雑居地となり、自由に家を借りるなどして暮らしていいとされている。

「相対にて住居を借りること勝手たるべし」

これは新潟で定められた外国人居留の取り決めである。借家は自由だと言うのだ。

しかし実際には開港から間もなくして外国人がくるようになると、外国人の居住は政府の厳しい監視対象となった。国は個々の取引に干渉し、なにかと理由をつけて借地や借家を許さないケースも出てきていた。その背景には外国人が家や土地を借りることへの警戒感があった。

特に厳しい状況に置かれたのがキリスト教の神父や宣教師だった。仏教と神道の地である新潟では、借り手がキリスト教の神父とか宣教師となると破談になることが多々あった。

しかしミオラは、竹山のはからいもありスムーズに借家することができた。

信濃川に沿ってつくられた新潟の街は、寺がびっしりと立ち並ぶ寺町が西のはずれにある。その外側には南に招魂場が、北に寄居村があった。寄居村は蓮池や草地、畑が続くヨシキリの鳴き声がうるさいような土地で、住宅は散在している。寄居村から先は砂防の松林、さらに砂浜、そして日本海へと連なる。

ミオラが家を借りたのはこの寄居の砂防林と隣り合った土地で、街の中心部から十数分ほど歩いたところだ。

かつて海岸の砂が街の中心部にまで飛んで、道を覆うほどの砂の被害があった新潟だったが、植えられた3万数千本の松が砂防林として育ち、砂の飛散を防いでいる。

新しい住まいに入って少し経ったころ、新居のお祝いに、お千が砂丘のふもとのお茶屋でごちそうしてくれると言ってきた。ミオラの家からお茶屋まではすぐだ。

家でくつろいでいたミオラは、「正午のドン」と人が呼ぶ松林のドン山の号砲が鳴るのを聞いた。

正午を告げるために設置された大砲だ。毎回火薬を詰めて撃つのだが、白い煙が見えると少ししてから「ドーン」と音が聞こえる。はじめは街に向けて撃っていたが、あまりに音が大きいのでしばらくして海へ向かって撃つようになったという。

しばらくしてお千がやってきた。ミオラはお千になにか入った袋を手渡した。

「これはわたしのプレゼント」

「え、なんだろう?」

袋から中身を取り出した。

「あ、かんざし!」

古町の小間物屋で買い求めた赤いかんざしだった。さっそく髪にさしてみた。

「とても似合うよ」

黒髪に紅が映えた。

「ありがとう!」

「お千は赤が好きだと聞いてたから、赤にしたよ」

「そう、私は赤が好き。元気になれる色だから。日本にはいろんな赤の呼び方があるのよ。例えば夕陽の色の茜色。黄色を帯びた朱色。紫がかった牡丹色。濃くて深い赤の唐紅《からくれない》。私が一番好きなのは撫子色《なでしこいろ》かな。少し紫がかった優しい赤よ」

「わたしの国イタリアでは、赤といえばまず浮かぶのが国旗に使われている赤だな」

「へえ、国旗に」

「イタリアの国旗は緑と白と赤の三色旗なんだ。わたしも従軍したイタリア統一戦争のシンボルとして使われた旗だ。赤の示す意味は、愛国者の血、熱血だ。鮮やかな赤だよ」

「日本の国旗、日の丸の赤も鮮やかな赤よ。このかんざしの赤も鮮やかね」

「店で見て、この色がお千の髪を飾ってくれれば嬉しいと思った」

さっそく髪に赤いかんざしをさしたお千にミオラは言った。

「日本でたくさんの赤の呼び名があるように、イタリアではたくさんの風の呼び名があるんだ」

「へえ〜、例えば？」

「風全般を言うならヴェントだね。次にシロッコ、これは乾燥した熱い風だ。そしてトラモンターナ、これは冷たい北風だ。湿気を帯びた強い東風はレヴァンテ。西風はゼフィーロ。こんな具合だ」

「わあ、吹く風に名前があるってすてきね」

ふたり連れだって家を出た。

新潟の中心部から続く家並みは、日和山《ひよりやま》と呼ばれる海との際にある小高い砂丘で終わる。そのふもとには何軒かの茶屋がある。ふたりはこのお茶屋で赤飯と団子のお昼をすませた。お茶屋の先は浜へ向かう階段で、それを上りきった砂丘の上に船見やぐらがある。海上の天気や沖合の船の様子を見るためのやぐらである。

砂丘の上から浜辺の方向を見おろすと、ハマナスの濃い桃色と緑とのコントラストが鮮やかだった。

上ってきた方向に振り返ると街が一望できた。ほとんどの家の屋根は板葺きで、石が乗せられている。強い海風に屋根が吹き飛ばされないようにしているのだ。瓦葺きの屋根を持つ家屋や土蔵も何軒かは見える。

東を臨むと、信濃川の河口近くに海を照らす燈明台が見える。

西へ目をやると、砂丘と松の防砂林が続いている。その果てに角田山が見えた。その向こうには角田に隠れて弥彦山がある。

砂丘から砂浜に降り、海の風に吹かれ沖を見ていた。

蒼い影になって大きな島が横たわっている。


「あれが佐渡だネ」

「そうよ、わたしの生まれ育った島。朱色の羽で飛ぶ鳥がいるの」

「なんという鳥?」

「朱鷺《とき》。こっちでもときおり見るけど、佐渡では群れになって飛ぶの。夕暮れに飛んでいるのを見ると、透けて見える羽の朱がとってもきれいよ」

「佐渡はどんなところだい?」

「新潟よりも暖かで、雪もそんなには降らない」

佐渡は島全体が対馬海流の流れに包み込まれているため温暖だ。

そして古くから関西の影響を受けた独自の文化が育まれてきた。

言葉も新潟とは異なる独特の方言である。

「佐渡に帰ってみたいかい？」

「飛んでいきたいと思うこともあるわ」

いつかこの人と訪れることがあるかもしれないとお千は思った。

千切れ雲が佐渡の方へゆっくりと流れていく。

「イタリアの空にもあんな雲が浮かんでいるの？」

「そうだよ、青い空に浮かぶ雲がある。そしてどこまでも青い海がある。地中海だ」

そう言って遠い目で水平線を見るミオラの横顔に思った。

—ミオラには今なにが見えているのだろう…

世界を回ってその目で見たあの街この街の佇まいだろうか。それとも…

そのときだった。

「あっ！」

海から吹いてきた一陣の風が、さしていた日傘をお千の手から奪っていった。

ふわっと飛んだ日傘は熱い砂の上に落ちた。

ミオラが拾ってくれた。

「ありがとう。どんな考え事をしていたの？」

「お千のことを考えていたんだヨ」

おどけた口調でミオラが答えた。

「うそをお言いだよ！」

そう言ってお千はちょっと嬉しそうに笑った。

ミオラも笑った。

お千は思った。

—冗談じゃなくてほんとうにそうだったらいいのにな…

松林ではツクツク法師が鳴いている。

ミオラとお千が出会った明治７（１８７４）年の夏は終わり、秋がはじまろうとしていた。

ミオラは寄居の家から吉浦旅館まで毎日通い、コックとして働くようになった。手に入る魚や野菜や米を使った料理を中心に提供した。肉はまだ流通しておらず入手できない。

イタリア人がつくる料理の出る旅館という噂を聞き、領事の一家や英語教師の夫婦らからの予約が入るようになった。イギリス船などの船員や新潟を訪れる外国人らの利用もときおりあった。

中央政府などからの来訪者をもてなす場として楠本県令も利用してくれる。楠本はこの旅館で客と共に食べたミオラの料理に満足した。これがあとあとの楠本によるミオラへの支援につながるのである。

イタリア語を母国語とするミオラであるが、イタリア語と近い言語のフランス語は、マルセイユのレストランでコックをしたことや、フランスのスリエ曲馬団の一員としてフランス人の団員やコックとやり取りしてきたこともありそれなりに話せる。スペイン語もイタリア語と近い言語なのでかなり理解できる。英語は独学で簡単な日常会話なら話すことができるようになっていた。

そして日本語は日に日に上達している。コミュニケーションが取れないと、新潟での暮らしに差しさわりが出る。語彙や表現の仕方を増やすべくお千から学んだ。

こうした会話能力は、旅館で外国人をもてなす際に大いに役立っている。ある国の領事館の一行を客に迎えた際のミオラとの会話である。

「ミオラさんという名前だったね、新潟の暮らしはどうだい？」

「ここでは港からの風がいつも吹いている気がします。世界の港町と同じ香りのする風です」

「この地にはいい食材がありそうだね。料理人として存分に腕がふるえそうだね」

「そうです。野菜も魚もとても豊かです。そしてもうひとついいところが」

「ほう、なんだろう？」

「女性がきれいなことです。イタリアと同じです」

「たしかに！ははは」

ミオラの話には必ずジョークが交えられ笑いが生まれた。そんなコミュニケーションも、他の旅館にはないサービスとしてちょっとした評判になっていた。

これまでの板前は引き続き和食を担当した。ミオラは洋食の注文がないときには、和食の調理を見てその技術を学ぶように努めた。新潟の食材についてあれこれ教えてもらうこともできた。逆に西洋料理について問われることもあった。もちろん惜しみなく自分の知っていることを教えた。

こうして世界の食を見てきたミオラに、またひとつ、和食の知が加わっていった。

さらにより本格的な和食に接する機会もできた。竹山がときおりミオラとお千を誘って料亭で食事をごちそうしてくれるのだ。新潟には行形亭《いきなりや》や鍋茶屋といった名高い料亭がある。

ミオラが和食で惹かれたのは、出汁がつくり出すうまみだった。

西洋料理の味が、鶏ガラや豚足や牛骨を使うブイヨンやフォン・ド・ヴォーであるのに対し、和食の繊細さをつくり出すのは鰹節や昆布、煮干し、椎茸などを使った出汁である。江戸時代に入ると昆布の漁場は蝦夷に拡大し、日高産の昆布が西廻り航路で大量に運ばれるようになり新潟にも入ってきていた。

カツオを干してカチカチにした鰹節を削って煮立てる出汁、そして干した昆布を水に入れて戻してとる出汁。このやり方でつくりだすうまみこそ和食の真髄だ。

それを吉浦旅館の同僚の調理人から少しずつ学んだ。しかしなかなか思った出汁の味は出せない。出汁はさじ加減ひとつで仕上がりが大きく違う。吉浦旅館の板前の技を学ぶのは簡単ではなかった。

そして行形亭《いきなりや》や鍋茶屋の料理人の命もそこにあるのだった。

「日本の味、すばらしいね…」

いつもミオラはゆっくりと和食の料理を味わい、そこから学べるものを探した。この先ミオラの目指す道が食にあることを、その姿に改めて知るお千だった。

外で食事しミオラと寄り添って堀端を歩く帰り道、虫の音が聞こえてきた。

「鈴虫よ。もうそんな季節なのね」

「お千は虫の鳴く音が好きなのかい？」

「好きよ。秋を感じさせてくれるわ」

「わたしには雑音にしか聞こえないが」

「平安時代、今からずーっと昔に書かれた『枕草子』の中で女流作家、清少納言は言っているわ。秋は夕暮れがすてきでグッとくるって。そして、こんなふうに日が落ちてから聞こえてくる虫の音や風の音がすてきだと」

「ほう、セイショウナゴン？」

「そうよ、私の大好きな女流の作家」

「確かに秋の夕暮れは、街を美しく染めてくれる。日本人の心、日本の文化、もっと学んでいきたい。またいろいろ教えてほしい」

「はいはい、分かりましたよ。ヨーロッパの殿方さん」

そんな会話はお千を幸せな気持ちで満たした。そして思った。

—この人と結ばれるかもしれない…

首筋を撫でる夜気はすでに涼しく、秋はもうこの地を満たしている。澄んだ空気の中、虫の音はやまず、遠寺の鐘が聞こえてきた。

町筋を歩いて人の暮らしを感じることが好きなミオラは、時間ができるとお千を誘って街の通りや小路を歩いた。

本町通りには、骨董屋があり、そして桶屋にかんざし屋、傘屋、漆器屋、仏具屋、神具屋、煙管屋、提灯屋、下駄屋…そんな日本の暮らしに彩を添える品々を売る店が通りに並んでいる。また写真師の店、時計屋、西洋品店、新聞の売買所など江戸時代にはなかった店もできている。

古町通りには、旅館や料理屋そして貸座敷がある。客を乗せた人力車が走ったり客待ちしたりしている。

新潟には明治４（１８７１）年に人力車の会社が登場した。人力車10台を仕入れて、引手たちを雇ったのだ。人力車はゴム輪ではなく鉄の輪をはめているため、走るとガラガラと音を立てた。遠くにいても車が近づいてくるのがすぐ分かる。

西堀には舫《もや》われた小舟が浮かんでいた。ときおり野菜を運んだ舟が行き交う。

堀の柳と立ち並ぶ店や家々そして橋、そうした街の景色を眺めながら歩くのがミオラはなにより好きだった。お千とふたりで歩くことが、そんなときをいっそうすばらしいものにしていた。

こんなこともあった。街はずれを流れる堀に沿って歩いていると、身体に迷子札をつけた子供が泣いていた。4つ、いや3つくらいだろうか。

「坊や、どうしたんだい？お母さんとはぐれたのかい？」

お千が聞いても泣くだけだ。札の裏を見ると「たつ吉」という名前と住所が書いてあった。

「たつ坊っていうんだね」

子供がうなずいた。

「この住所に連れて行ってあげよう」

すぐ近くだったので連れて行ったが留守だった。

引き返して警察に行き、入り口から建物に入るなり大きな声がした。

「たつ吉！」

警察に相談に訪れていた母親だった。

「よかったね、たつ坊、お母さんだよ」

「ありがとうございます、ありがとうございます」

何度もお礼を言われた。

「わたし、上古町の吉浦旅館で調理人をやっているミオラです。泊り客でなくとも食事ができますのでよかったら今度きてください。お安くするよう旅館の主人に頼んであげます

よ」

「はい、きっとうかがいます」

　ミオラの家から松林の縁に沿って東にしばらく歩くと、「異人池」と呼ばれる池がある。池の周囲にはポプラが何本も立ち並び影を池の水面に落としている。池の畔にはカトリック教会と、地元の人が異人屋敷と呼ぶ神父の住む家が建つ。

　カトリックのミオラは、このあたりを散歩する際には教会に立ち寄り祈りを捧げていた。また英語学校の校舎もある。新潟が開港の街であることを象徴的に示すのがこの一帯なのだ。

　同じ開港都市ではあるが、新潟で暮らす外国人は横浜や神戸と比較すればほんの少数にすぎない。しかし特筆すべきは地元の人との暮らしが近いことだ。外国人居留地が設けられていない新潟では、滞在する外国人は民家や寺の境内を借りて生活している。

その結果、外国人と新潟の人とのつき合いは、軒を接して暮らすまさに日常的なものになった。

新潟で暮らす外国人には、領事をはじめ英語学校の教師や病院の医師、そして宣教師らがいた。彼らは新潟の人たちがはじめて接する外国人であり、当初は好奇の目で見られた。ファイソンという宣教師の娘ルースちゃんが町を歩くと、金髪の少女を見ようと人だかりができるほどだった。

英語学校や教会で、赤毛や金髪のそして背と鼻の高い「異人」たちを見るために、わざわざ近郷近在から弁当持参で見物にやってくる人もたくさんいた。それはときに100人にもなった。外国人を敵対視するものは幕末のころとは比較にならないほど少なくなってはいたが、それでも開港した明治元(1868)年以降、毎年のように外国人をめぐるトラブルが起きた。

明治元年の冬、荒天で新潟港に上陸することができないドイツ商人ウエーバーは、上陸可能な港を探し高田の港で陸に上がった。しかし開港5港以外の港への外国人の上陸は許されておらず、役人につかまってしまう。ウエーバーはかごに押し込められて20人の役人に囲まれ新潟へ連れていかれた。

「外国人がやってくる」

噂は瞬く間に広がり、数千人が押し寄せ、街の中心部に入ると見物人が道を埋め尽くすほどになった。「外国人は帰れ！」と叫ぶものもいれば、石を投げつけるものすらいた。危機感を持った知事が「外国人に危害を与えたものは罰する」と布告してくれたので騒ぎもおさまっていったという。

この翌年、明治2（1869）年には、ドイツ商人がピストルで野犬を撃ち殺す騒動も起きた。野犬が自分を襲おうとしたためとドイツ商人は弁明したが、ピストルを持ち歩くドイツ人に住民は危なさを感じ、ピストル携帯をやめるよう訴える騒ぎとなった。

その明治2年は凶作で米の値が上がり、人々は生活に苦しんだ年だった。10月にスイス人ハーフルの米をめぐるある行為が騒ぎを引き起こした。

ハーフルが新潟の米をイギリス船で函館へ運ぼうとしたところ、それを知った住民が願随寺の鐘を鳴らし事態の急を住民に告げたのである。鐘を聞いた人が次々に集まり街は騒然となった。中には船に投石するものもあらわれた。

そのころ街には、米の高騰は外国人の買い占めによるものだという噂が流れていた。人々は、ハーフルが米の買い占めに関わった商人だと考えたのである。実際にはこの米は、北海道函館県への救援米として、水原県と新発田藩からそれぞれ2万俵ずつ送られるものだった。

事態を知ったイギリス領事代理トゥループが、イギリス公使パークスに「外国人居留民の生命に関わることも今後起こりうる」と報告するほどこの事件は各方面に衝撃を与えた。

明治4（1871）年、県が雇ったイギリス人教師のキングが、宿としていた西堀7の正福寺で賊に襲われ傷つけられる事件が起きた。知らせを受けた平松県令が現場に駆けつけ、当時は新潟病院長を務めていた竹山が治療にあたった。キングの両手と肩、顔には8か所の刀傷があり、右手の小指は第一関節から切れて垂れ下がったほどの重傷であった。

この事件について県は全力をあげて犯人逮捕に努力した。取り調べを受けたものが155人にものぼる捜査を行った。狂言ではないかという噂もたったが、真相は分からずじまいだった。

明治9年には、上大川前通に借家しカトリック伝道を行っていたフランス人宣教師ドルワール・ド・レゼーに対し、貸人力車業を営んでいた隣人の大江雄松が議論を挑んだ。論争は一週間も続いた。その論争によって大江は、ドルワールの明快な答えと高潔な人格に屈服し、ドルワール神父の弟子となった。

その他、こんな出来事も起きている。

相撲見物をしていた町民が、後ろの桟敷にいた外国人からビールを浴びせられ、さらには頭を叩かれたため、警察沙汰になった。

古町で辻説法をしていた宣教師に仏僧が激しく問答を挑み、周囲の人たちが囃し立てて大騒ぎになるという珍事も起きた。

佐渡では貝塚（金井町）の農民、六右エ門が夷港《えびす》（両津港）から牛２頭をひいて家へ帰る途中、加茂湖の湖畔までくると、背の高い外国人３人がふいに後ろから襲いかかって、サルグツワをはめ、牛の頭を丸太で叩いてその場で食べてしまうという事件が起きた。３人は新潟港の補助港として外国人に開かれていた夷港《えびす》に停泊していたイギリス船の船員で、役人がイギリス領事に抗議して13両あまりの牛の代金をもらい受けた。

こうした出来事は開港都市ならではのものだった。外国人は開港５都市と東京、大阪以外では住むことも商売することも許されていなかった。その意味で新潟はいち早く西洋人と住民が接する町になり、彼らの異文化を経験したのである。

明治の初年は、人々の考え方や生活習慣、衣食住や風俗などにおいて、歴史上稀に見る変化が起きた時代である。

世界に門戸を開いた明治政府が目指したのは、あらゆる面で欧米に追いつくための西洋化だった。それを文化面で言い表した言葉が「文明開化」である。福澤諭吉が著書の『文明論之概略』ではじめて使用したこの言葉は、社会にわきたつような華やぎを与えた。

食の世界で起きた大きな変化は肉食のはじまりだった。

肉食が禁じられていた江戸時代にも猪や鹿を出す店は存在した。しかし家畜である牛の肉を食べるようになったのは開国以降だ。築地や横浜や神戸などの外国人居留地に住む西洋人の需要が生まれ、それを供給するため牛肉店ができた。

明治5（1872）年の正月には天皇も牛肉を食し、それは新聞で報道され、以降政府は日本人の体格向上に資すると肉食を奨励している。

牛肉の料理の中でハイカラな食文化を象徴するように登場し、人気となったのが牛鍋だった。

その調理法は、江戸時代からあった鴨鍋や軍鶏鍋やぼたん鍋（猪）の調理法が、そのまま応用されたものだ。肉と葱を炒めた鍋に、醤油や味噌に砂糖を入れ水で割った割下を入れる。それを葱と一緒に煮たてて食べるのが牛鍋だ。よって人々も無理なく食することができた。

明治8年、ある牛鍋店の開店広告である。

御懇意様方の御勤に任せ、日新開店の初日より牛の力の御贔屓を、受けて賑わう大都会、今流行の牛鍋は各国の御客も賞玩し、（中略）ランプの光の隅から隅み、御評判の程偏に願う事にならん。御一人前　牛鍋四銭、ロウス・ビステキ五銭、シチウ三銭、ソップ三銭、シャモ四銭五厘。

芝浜松町一丁目太神宮鳥居際

ビステキすなわちビーフステーキであり、ソップすなわちスープである。

明治8年、すでに「今流行の」と形容できるほどに牛鍋は一般的になっていた。そしてこのフレーズが人々の日常会話の中で交わされた。

「牛鍋食わねば開化不進奴《ひらけぬやつ》」（牛鍋を食わないとはとんでもない時代遅れな奴だ）

肉食とパン食による西洋料理は一般にも知られるようになり、明治政府の奨励も後押しし、少しずつ広まっていった。

牛肉は、明治10年には年間3万頭分が流通するようになり、以降も年々増えていく。

洋食屋も続々と生まれていた。

明治4（1871）年に横浜の開陽《かいよう》亭、5年に築地の精養軒や新橋の金寿楼、6年には日新亭が店を出した。

こうした店で客はテーブルと椅子で、箸を使わずナイフとフォークで平皿に盛られた料理を小さく切って食べた。スープは音を立てずに飲むというマナーも少しずつ浸透した。

西洋料理に合わせた赤ワインやシャンパン、そしてビールなどの洋酒も提供されるようになった。デザートにアイスクリームを提供する店も出てきた。

しかし明治に入ってしばらく経っても、新潟における一般家庭では、味噌汁に魚、煮物や汁物に惣菜といった献立がまだ普通である。そして、牛肉を食べることに反対したり嫌ったりする人はいた。

長岡藩士の家に生まれ育った杉本鉞子は、著書『武士の娘』の中で、明治14（1881）年に長岡の家ではじめて夕食で牛肉を食べた日のことをこう書いている。

「祖母が仏壇に障子紙でめばりをしているのを見て、目を見はった。祖母は「お父さまが家中で牛肉を食べようとおっしゃったので、仏様をけがしてはもったいないと、こうしてめばりをするのです」と教えてくれた。もちろん祖母は夕食の席につかなかった。」

（杉本鉞子 著、大岩美代 訳『武士の娘』ちくま文庫）

食だけでなく衣の分野でも変化が起きた。

明治3（1870）年には海軍で、4年には陸軍で洋服が軍装になった。街ではズボンに背広、フロックコートやオーバーコート、山高帽に靴などの洋服姿をする人も出てきた。しかし当初は洋服に下駄ばき、洋服の上に羽織、さらには洋服に刀をさす人までいた。

和服から洋服への移り変わりは徐々にであったが、やがて洋服姿は農村部以外では普通に見られるようになる。

頭髪については明治４年に散髪脱刀令が出て、明治６年には明治天皇も断髪した。

「ザンギリ頭をたたいてみれば、文明開化の音がする」

これはそのころ流行した俗謡である。

封建時代とサムライの象徴であるチョンマゲ、西洋人には奇妙にしか見えなかった髪型であるチョンマゲを落としてザンギリ頭になる人が出てきたのは、明治７年以降である。明治８年で２割、明治10年で４割、明治13年になると７割、明治20年には98パーセントに達し、明治も半ばになるとチョンマゲ姿はほぼ姿を消したのである。

牛肉が食され、鉄道が煙を吐き、人々が博覧会に足を運び、銀座の煉瓦街にアーク灯がともり、ハイカラな洋装の紳士淑女が歩き、人力車が走る時代。電信、鉄道、道路、上下水道などのインフラ整備が進められる文明開化の時代は、明治の半ばまで続く。

第5章

天下一の県令

明治４（１８７１）年に政府が定めた全国府県の列順で、新潟県は東京府、京都府、大阪府、神奈川県、兵庫県、長崎県に次ぐ第7位にランクされている。

開港場のある県としての評価であり、県令は勅任官として大物が任命された。楠本正隆はそのような立場で明治5年5月、34歳で新潟に赴任した県令である。すでに赴任してから2年あまりが経っている。

楠本は肥前大村藩の中級藩士の家に生まれた。幕末の動乱の中で尊王攘夷を掲げた同志と共に活動し、次第に藩政に加わるようになった。大村藩の藩主、大村純熈に伴ってヨーロッパやアメリカの視察も行っている。この欧米視察でその優れた技術や科学そして産業を目のあたりにし、「攘夷」という偏狭な考えはきっぱりと捨て去った。そして欧米に追いつくために強力な新国家の建設が必要だと強く思ったのである。

戊辰戦争後は新政府に取り立てられ、長崎の裁判所の権判事を振り出しに要職を歴任し、新潟県令に就任するまでは外務大丞を務めていた。

新潟に着任した楠本の第一声である。

「これからの世の中は、役人も民衆も対等に話ができるようでなければいかん！」

用のあるものはどんどん県庁にくることができるようにし、場合によっては自分が直接会って話を聞いた。

また、戸長を集めて区会を開き、区内における行政上の問題を討議させたことは、議会政治の先駆をなすものとして全国から注目された。

医師の竹山は楠本と開明派同士として気が合い、しばしば県庁へ遊びにきていた。

ミオラのことはやがて楠本の耳にも入った。

新潟への来客に楠本がミオラの勧める吉浦旅館を紹介したところ、客たちはミオラの料理をとても喜んでくれた。

ある日、県庁にきた竹山に楠本が言った。

「吉浦旅館で出す西洋料理の評判がいいじゃないか。コックのミオラというイタリア人はどんなやつだい？」

「おもしろい男ですよ。県令は気に入ると思います。会ってみますか？」


明治8（1875）年の初春、ミオラは県庁に楠本を訪ねた。

新潟の中心部にある県庁の庁舎は、旧新潟奉行所をそのまま使っていた。柾谷小路を西のはずれの西堀まで歩き、西堀に架かった木橋を渡ると正面の門がある。橋のたもとには街灯と、税関に通じる電信線のための電柱があった。門には菊の紋の幕が下がっている。

ミオラはその下を通って建物に入っていった。

県庁の建物の玄関で守衛に楠本県令への取次ぎを頼んだ。

「楠本県令サマに会いたいのですが」

受付で職員が応じた。

「ああ、ミオラさんだね。県令からうかがっている。案内するよ」

そのやり取りの様子を部屋の隅からじっと見ている男がいた。

県職員の青瀬征三郎である。旧長岡藩士であり尊王攘夷思想を持っていたが、明治維新後は県庁の職員となっていた。正職員ではなく一時雇用として働いている。

新政府は人材難もあって、旧幕府や佐幕派の諸藩からも優れたものは積極的に採用していた。外交官や軍人、教育者などになり高い地位に就いたものもいる。

そうした中央の採用方針を知っていた楠本は、県においても長岡藩など新政府軍と戦った藩からも職員に採用した。そうした雇用については反対もあったが、楠本は、様々な立場のものが生きていけるように配慮することは、新潟に治安と活気をもたらすと考えたのである。

青瀬の異国人への嫌悪感は強く、文明開化を掲げ西洋の知識や技術を取り入れて殖産興業を図る新政府や楠本県令の方針と彼の考えは相容れなかった。しかしその気持ちを表に出すのは控えている。

青瀬に影響を与えたのはいわゆる水戸学派の考え方だった。水戸学派は、社会不安が増大し士気が頽廃した状況では諸外国に対抗できないとした。そして将軍は天子を敬い、政治を委任されたものとして改革を進め、懸念される外国の侵略に備えよとした。

天保11（1840）年に清で起こったアヘン戦争で清がイギリスに対し敗北したことは、人々にそれまではなかった危機感を与え、水戸学派の唱える尊王攘夷論は、幕末に急速に全国に広がった。

幕末になると越後には水戸学派の国学者が招かれ、黒船到来で騒然となる江戸や京都へ出て、天下国家を論ずるようになったものも数多くいた。

強く尊王攘夷を唱えていた長州や薩摩ではあったが、イギリスと交戦し大きな被害を受けると、攘夷は言わば「建前」あるいは「空論」に過ぎず、その不可能を知った。すると一転して留学生をヨーロッパに派遣し、洋式工場を建設するなどの改革を進めるようになった。

かつての維新の志士たちはその多くが明治新政府の官僚となり、欧米先進国の文化や産業の移入推進にあたるようになっている。

しかし新潟のように、イギリスなどの実力を知る機会がなかったところでは、攘夷の気風が消えたわけではなかった。

青瀬は開国への転換が理解できずにいた。楠本県令も肥前大村藩士だったときには尊王攘夷の武士として活動していたはずだ。それがなぜ…

青瀬の胸の中には、屈折した思いが増幅させた異国人への敵意がある。

ミオラは自分に鋭い視線を送る青瀬の存在に気づきそちらを見た。しかし青瀬は顔をそむけ目を合わせなかった。

ミオラは青瀬が気になったが、案内する職員のあとについて県令の部屋に向かった。

県令の執務室をノックすると楠本がドアを開けてくれた。

「おう、きみがミオラか。よくきた」

「はじめまして」

「新潟はどうだ？」

「とてもよいところ。みんな優しい。街もきれいです」

「きみの料理は評判だぞ。ところで、この先なにか考えているのかい？」

「おいしいものを皆に食べてもらう。それを仕事にしていきたいです」

「西洋料理か？」

「そうです」

「新潟の食材で西洋料理はつくれるかい？」

「新潟の食材、すばらしい！大丈夫」

「分かった。きみに相応しい仕事がないか、俺も考えてみよう」

「ありがとうございます！」

「これからもときどきここを訪ねてくれ。いろいろきみが見聞きした世界の話が聞きたい」

「はい。喜んで」

楠本は新潟にきている外国人から努めて話を聞くようにしていた。キリスト教の神父や宣教師、商人、そして領事らからである。そこに今ミオラが加わろうとしていた。

この日以降、ミオラはたびたび楠本を訪ね請われるままに話をした。見聞きした世界のあれこれを。

楠本が世界との差を強く認識したのが、幕末の長州や薩摩とイギリスとの戦争だった。その戦争で黒船とその強力な大砲に象徴される科学力を知った。

維新後の日本は一転して、欧米に学び技術や知識を取り入れるという方針をとっている。例えば欧米文明の象徴的な存在である電信機と蒸気機関車の運用を、それぞれ明治2（1869）年と明治5年に開始している。

今日本は、アジアにおける文明化の最先端を走る存在になっているというのが楠本の認識であった。

桜が満開となったこの日もミオラは県庁の楠本の部屋を訪ねた。そして楠本に請われるままに、自分の知る世界のあれこれを話した。

「コロンブスが新大陸を発見し世界は変わりました。新大陸とアフリカがヨーロッパの国々の手に、シベリアはロシアの手に。18世紀の後半からはイギリスがアジア進出を本格化しています。そしてアヘン戦争で中国が負け、中国人はみじめな状態になっています。

香港も失いました」

「中国人は欧米人にあごで使われ、欧米人が通れば道を譲るような有様ときく」

「イギリスの勢いはすごいです。イギリス人が発明した蒸気機関による工場や交通機関を使って世界の工場になりました。安く質のいい商品をつくりその利益で世界を征服する勢いです。世界中に植民地を持ち太陽の沈まぬ国と言われています。インドでも中国でもイギリスの旗をつけた船を必ず見ました」

「イギリスが日本に望むことは？」

「イギリスが求めているのは製品を買ってくれる国です。自慢の産業が生み出す商品の輸出先の開拓です。だから日本の状況が安定し豊かになり、よい輸出先となってほしいのだと思います」

「なぜ外の欧米諸国はイギリスに遅れをとったのだ？」

「イタリア王国がやっと成立したのは１８６１年、同じころアメリカでは南北戦争が起きています。国内の問題にエネルギーを使い、工業にも通商にも十分なエネルギーを注ぎ込めなかった。その間に世界制覇していったのがイギリスだったのです」

　楠本にとってイギリスの次に関心がある国がドイツだった。

「ドイツは？」

「ドイツが統一されドイツ帝国となったのは、つい最近の１８７１年のことです。統一はイタリアよりさらに10年遅れました。しかし工業化が進み、東南アジアや中国へも進出していています。日本への進出に先行したイギリスやアメリカの後を追って市場に入り、すでにフランスやオランダを凌いでいるかもしれません」

「ではイタリアの現状はどうなのだ？」

「イタリアもようやく統一を果たしたばかりで、欧米諸国との対立は避けねばなりません。まだ安定しているとは言えない国家の運営をしていくためにです。そこは維新から間もない日本とよく似ています。イタリアの外交官の日本での一番大切な仕事は、まず他国とうまくやっていくことです。そして日本の蚕種を仕入れるために、毎年来日するイタリア商人の貿易活動をサポートすることです。イタリアが日本に求める第一は生糸貿易で第二はありません。今はそれが全てです」

では日本にはどのような印象を持っているのか、それも楠本にとってぜひミオラに聞いてみたい問いだった。

「日本にきてまずなにを感じた？」

「最初に日本にきたときに深く感動したのは、あの霊なる山の姿でした。富士山です。水平線にあの山が浮かび上がってくる姿を見たとき、これが憧れの国なのだと胸がいっぱいになりました。上陸して目に入った人たちは小柄でした。顔立ちは平らで鼻は低いけれど、その顔立ちには知性を感じました。そして親切そうな感じがしました。実際にみな優しい気持ちの持ち主でした」

「明治維新の文明開化でこの国は大きく変わってきている。この日本の変化について感じるところはあるか？」

「礼儀を重んじ、失礼のないように礼節をもって人に接する姿勢、家族を大切にすること、掃除や食事つくりをしっかりやって日々の生活を大切に生きていこうとする姿勢、こういったところがとても好きです。美しいものに対する意識は洗練され、読み書きできる人も多い。人々は素朴で幸せそうでよく笑いますが、それは長い間かけて育ててきた日本のよさです。ところが今は軍隊や産業の西洋化を急いでいると聞いています。それは大切なことですが、大事なものは捨てないでほしい。服装や作法、考え方、感じ方、日本人のそれはとてもすばらしい。日本を捨て去るようなことはしないでほしい。変えるところと変えないところ、その両方があっていいのではないでしょうか。これまでの長い歴史が育ててきた文化や生活、それは大切にすべきなのではないでしょうか。全て西洋流がよいというはずはありません。新しいものだけがよいということはないはずです」

「新しい習慣や生活を取り入れれば、考え方も新しくなる。日本が今の遅れを取り戻し西洋に追いつくためには、それが必要なのだ。文明開化というのは福澤諭吉がつくった言葉だが、欧米の制度と風俗を日本に移し植えることを意味している。我々は新しい世界に飛び込んでしまった。もはや後戻りも立ち止まることもできない。前へ前へと進むこと以外に道はないと思う」

「弱肉強食の欧米社会の中に入ることで犠牲にするものがあっても？」

「そうだ。なにかを得るためには、なにかを犠牲にするのはやむをえない。スピードと効率こそ明治の時代の日本に求められているのだ。岩倉具視閣下ら政府の要人が明治4年から2年間欧米の視察をしてきた。きみの国、イタリアへも訪れた。私もヨーロッパの視察をした。そこで分かったのは、西洋の巨大な力だ。ものづくりでも軍事力でも、そして社会の仕組みでも日本は到底かなわないことが分かった。その進んだ技術や知識を取り入れ追いつかねば、日本は西洋の植民地になってしまう。中国のあのみじめな惨状を見れば、その思いは強くなる。古い日本は死んだ。その亡骸は埋めてしまうしかない」

「何百年もかけて日本人がつくりあげてきたよき日本は残してほしいです。自国の文化や歴史を大切にしないような国が外国からほんとうに尊敬されることがあるでしょうか？」

「きみの言うことには一理ある。心にとどめておくことにしよう」

　楠本は開明的な考え方の持ち主として知られる県令だ。ミオラの話に耳を傾けたあとは、決まっていくつも質問を重ね、そのやり取りは秘書が次のスケジュールの時間がきたと告げにくるまで続いた。

「今日はとても参考になる話を聞くことができた。またちょくちょく遊びにきてくれ」

「はい。ありがとうございます」

ミオラは楠本と同い年である。竹山はふたつ下だ。同年代ということも親近感を生んでいた。

明治政府が進めようとしていた文明開化は、社会や人々の生活のあらゆる分野に及ぶものであったが、新潟では明治5（1872）年5月の楠本の県令就任で本格化していく。

楠本は教諭文を布告し新潟の近代化を説いた。

「新潟は北国で一番重要な土地であり、開港場で外国人も集まる場所である。町民は競って開化を望むべきである」

楠本による変革は街の様相を一変させた。ゴミが路上から消え、運河は浄化され、西洋建築による病院や学校が建てられた。日本で最初の公園のひとつである新潟公園（のちに白山公園と改称）が開設され人々の憩いの場所となった。夜の街を街灯が照らすようにもなった。

楠本の県令就任は明治5年だった。それから2年後の明治7年、つまりミオラが新潟にきた年には外国人の居留者が目立って増えた。新たに新潟に住みついたのは、西洋の知識や技術を導入するためのいわゆるお雇い外国人や、キリスト教解禁により布教する宣教師らである。

楠本が県令に就任するまでは、新潟は外国人にとって十分に安全に暮らせる街だとは言いがたかった。街を歩く外国人に対し、ただならぬ雰囲気を発する輩もいたし、中には実行には至らなかったものの、襲撃の企てをしたものもあったという。

外国人に反感を持つものには、かつての奥羽列藩同盟の構成員であった浪人たちもいた。明治5年には、そうした旧士族も加わり、過酷な税の負担軽減を求める農民たちによる大河津分水騒動が起きている。新潟にもその混乱は及び、事態打開のためもあって新たな県令として指名されたのが、明治の元勲で政府の最高実力者である大久保利通らにその力を高く評価されていた楠本だった。

外国人を取り巻く状況は楠本の就任で着実に改善してきた。

ミオラが新潟で暮らしはじめたころには、楠本は大久保利通から「天下一の県令」と賞されるようになっていた。

文明開化の政策を推し進める楠本は、イタリアからきたミオラが新潟のためになんらかの役割を果たしうると考えていた。

明治7（1874）年の秋も深まりはじめたある晩、ミオラの務める吉浦旅館で月見酒を酌み交わしながら楠本がこんな話をした。

「ミオラ、牛肉を売る店をやらないか？」

「牛肉は手に入りますか？」

「佐渡には多くの飼育牛がいるから取り寄せるのだ。様子を見て牛鍋店も出したらいい。東京ではすでに何軒も牛鍋店が生まれて繁盛しとるぞ。そしてやがては西洋料理店を出せばいい。新潟に文明開化を浸透させるために、牛肉の店も西洋料理の店もぜひほしいところだ」

「みなさん牛肉食べてくれますか？肉食はよくない行為と思われていませんか？」

「天皇陛下も食され、そのことは公になっている。政府は奨励しているし、これからは、体格で西欧に追いつくためにも肉食は必要なのだ。新潟でその役割を果たせるのは、ミオラ、きみをおいてほかにいない」

「まず牛肉店、そしていずれ西洋料理店。やってみたいです！わたしは食の世界で世の中の役に立ちたい。みなを幸せにする仕事です」

この夜、楠本は食でなにごとかを成し遂げたいというミオラの気持ちを再確認し、支援の気持ちを強くしたのである。

明治の世になって人々は士農工商の身分制度から解き放たれ、誰もが自由に人生を生きていけるようになっていた。

自由に生きるためには自立する力がいる。ミオラが食を提供する事業を立ち上げ、その収益で生きていけば、それはすなわち自立の精神と創業の精神を示す事例となる。

そして新たな事業をつくり出していくことは、新潟が県の経済の中心としてあり続けるために不可欠なことなのである。

——ミオラの取り組みは、これからの世で求められる事業創造のひとつの手本になるだろう——

楠本はそう考えているのだ。

ミオラが吉浦にその件を話すと、牛肉店ができれば自分の旅館の肉の仕入れができるようになると賛成してくれた。ミオラは牛肉店の開業の準備をはじめた。

一方、楠本は県費から200円というまとまった資金の援助へと動きはじめた。しかしこの援助を快く思っていない男が県庁にいた。かつて尊王攘夷派の長岡藩士であった青瀬である。

青瀬がミオラへの公金による援助を面白くなく感じたのは、単に異国人排斥を唱え行動してきた思想によるものだけではなかった。不遇の我が身を鑑みたときに生じたミオラへの嫉妬もあった。

廃藩後の長岡藩士の生き方は様々だった。上古町で旅館をはじめた吉浦のように、割り切ってむしろ己を試すよいチャンスだと受け止めて商売をはじめたものもあれば、青瀬のように身すぎ世すぎのために鬱々とした気持ちを引きずったまま、意に染まぬ生き方に甘んじているものもいる。

　青瀬は県職員ではあるが一時雇用の立場である。楠本に直接意見するのではなく、同じ士族出身で仲のいい幹部職員に自分の考えを伝えた。その幹部職員がもっともだとして、楠本に意見することにしたのだ。

「県令、異国人による不穏当な事件も起きております。公金で援助などして、もしミオラが問題を起こしたらまずいことになりますぞ」

「ミオラはいつも堂々としている。そんな男によこしまなことを考えるやつはいないものだ」

「融資を受けたいものはたくさんおります。公金の融資には、平等が必要なのではありませんか？」

「肉食は中央政府が奨励している。新潟に牛肉屋があることは、政府の文明開化を推し進める方針と合致する。ミオラがまず肉屋を、そしてやがて牛鍋屋や西洋料理店を開いて成功すれば、この新潟に大きなものをもたらしてくれる。今、日本はそして新潟は変わりつつあるのだ。世の中にとって必要な融資が求められていたら、案件ごとに可否を考えればいい。今回の件はその先鞭をつけるいい事例となる」

「そうおっしゃるほどいい融資でしょうか？」

「中央の官僚や政府要人をもてなすために、本格的な西洋料理を出す店が新潟に存在していれば好印象を与える。それがひいては中央政府とのパイプをつくり、政策的な支援を受けることにもつながるのだ」

「おっしゃる通りではありますが…」

「明治政府は開国和親を対外政策の基本に据えている。つまりは西洋の文物を摂取しひらけた社会をつくっていこうというものだ。そんな時代にあって新潟で西洋人が商売をはじめ、しかもそれが西洋料理店なら、それを支援するというのはこの国の方向に合致するではないか。ミオラのことは俺が責任を持つ。融資する」

楠本は反対の声を一蹴したのである。

明治維新により日本人の気質は変わろうとしていた。楠本や竹山は、言わばそうした新しい明治の日本に生きる男の典型である。

ふたりが支援しようとしているのは、長く続いた分裂から統一を果たし、世界へ広がりはじめたイタリアの人間だった。人生を楽しみ、自分の人生を生きようとするイタリア人らしい心の持ち主である。

成長をはじめたふたつの国の個性と個性が、ひとつのささやかな、しかし魅力的な事業を立ち上げようとしていた。

この年、明治7（1874）年の1月には、新潟の経済人が米の相場安定のための取引所である新潟米持寄売買所を開業させていた。3月には第四銀行も開業している。このように新潟にも本格的な経済界が育ちはじめた年だった。楠本はこうした新潟の経済界のおもだちにも声がけし、ミオラへの支援や利用を依頼したのである。


年が改まって明治8年、ミオラが新潟にやってきてはじめての春がきた。お千とふたり、堀端に植えられた桜を愛でながら歩いた。

「お千、前に秋の虫の音のことで話に出たセイショウナゴンは、春のことをどんなふうに書いているんだい？」

「秋は夕暮れとしている清少納言は、春については、春はあけぼのと言っているわ」

「あけぼのとは？」

「夜明けのことよ。東から日が昇ってくる様子がいいとしているの。そして山と空の境にかかった薄い雲を照らすそのときの紫の色合い、その夜明けの色がすてきだと書いているわ」

「夜明けは好きだ。その気持ち少し分かるな。夕暮れと夜明けか。では夏と冬についてはなんと言っているのかな？そのときがきたら、またお千に聞いてみよう。」

「はい。楽しみにしていてね」


開店した牛肉店は、桜が散り菖蒲が咲くころ巷の評判になっていた。

県令の楠本正隆と新潟屈指の名医として名高い竹山屯《たむろ》に贔屓にされたミオラの牛肉店は、新潟兵営からも注文があり繁盛した。

ミオラの店で提供するのは佐渡牛だ。外海府《そとかいふ》などの牧場で飼育された牛2頭が月に一度、船で運ばれてくる。牛肉は店頭で売るだけでなく注文先へ配達もする。

居留外国人たちからの注文もくる。

この日ミオラはイギリス領事からの注文を届けに店を出た。イギリス領事館は、明治2（1869）年の開設以来ずっと西堀通の勝楽寺の中に置かれている。

「こんにちは、牛肉をお届けにきました」

「はーい」

奥から手伝いの女性が出てきた。

「あーら、ミオラさん。この前のお肉は大変領事に好評でしたよ」

「それはよかった。あれは鞍下肉のいいところです。必ず喜ばれると思っていました。今日持ってきたのはヒレ肉です」

「ありがとうございます。じゃそれをいただこうかしら。次はまた鞍下肉をこの前と同じ量だけ、明後日届けてくださいな」

「はい。領事によろしくお伝えください！」

ある日は竹山が夫人と連れ立って店にやってきた。

「なかなかの売れ行きだそうじゃないかミオラ」

「はい先生。仕入れが間に合わないくらいです」

「牛肉のうまさがみんなに分かりはじめたかな？」

「一度きてくれた人は、ほとんどが二度、三度ときてくれるようになります」

「食わず嫌いとはまさにこのことだな」


5月、ミオラとお千は久しぶりに連れだって浜へ遊びにきた。

冬の間荒れていた海はすっかり和らぎ春イワシのシーズンとなっている。しらす雲の下をカモメが飛ぶ。海面はところどころ色が変わっている。潮の流れに乗って海岸近くへやってきたイワシが群れているのだ。海面の色がイワシの動きで変化する。地元の漁師はこれを「イロ」と呼んでいる。

舟がうった網を引き手が渾身の力を込めて引きはじめると、網は浜へと近づいてくる。引き手は30人、いや40人はいるだろうか。

カモメが舞い降りて横どりしていった。

やがておびただしい数のイワシがあがり、銀鱗を躍らせる。

「お千、あの魚はどこで売るのだろうか？」

「かあちゃんたちがカタネザルに入れカタネ棒で担いで、近くの街や村へ売りに行くの。

鮮度が落ちないうちにと、とれたらすぐ浜から向かっていくわ」

「住人は家にいながらにして新鮮な魚を手に入れることができるわけだね」

「海があるからこその暮らし。風が薫るこの季節、私は大好き」

「イタリアでも5月はいい季節だ。日が長くなって8時を過ぎないと暗くならない。みんな仕事を終えると外へ出ておしゃべりをして過ごすんだ」

のどかな日差しと浜風の心地よさの中、広い砂浜の白砂の上にゴザをひいて、弁当のおにぎりを食べた。

帰りに茶屋に寄った。団子をお千はひと串、ミオラはふた串食べた。酒も少し飲んで幸せな酔い心地で街へ戻った。

思いがけないことが起きたのは、そんな全てが順調に進んでいるように思いはじめたころだった。

あるとき、お千に友人がささやいた。

「お千、悪い噂がたっているよ」

「え！どんな？」

「ミオラの店では病気で死んだ牛の肉を売っている、という噂なんだよ」

聞いたお千は仰天した。

「誰？そんな根も葉もないことを言っているのは」

「県の役人みたいよ。名前までは分からないけれど」

その友人は知り合いから聞いた話だと言う。

ミオラにその件を話した。ミオラは県の資金提供に強く反対した何人かの役人がいたことを、楠本県令から聞いている。青瀬の名がその中にあった。

「言いふらしているのはその役人の中の誰かかもしれない。でも証拠もなく人を悪者扱いはできない…困ったな」

言われてみればここ数日、売り上げが落ちていた。いいお得意になってくれた客も顔を見せていない。その日の夕方、竹山が肉を買いにきた。

「ミオラ、商売はどうだい？」

「それが…」

この一件を竹山に話した。

「そうか、で、肉の品質や管理には万全の注意を払っているんだな？」

「もちろんです。きちんと肉の具合は毎日何回も確認しています。悪くなった肉や、ましてや病気の牛を売るようなことはしていません」

「そうだろうな。分かった、張り紙を書いてやろう」

竹山が書いてくれた張り紙の文面である。

この牛肉店の肉は、衛生管理も十分で、味も品質もお勧めできるものです。
医師　竹山屯

「ありがとうございます！お客が信用して買ってくれるよう、これまで以上にいろいろ注意してやっていきます」

「県令にこの件を話しておこうか？」

「いいえ、竹山先生のこの一筆で皆さん大いに信用してくれると思います」

店頭には、竹山の書いてくれた張り紙の下に、ミオラの名前の張り紙も出した。


当店で販売するのは佐渡から取り寄せる優れた品質の牛肉です。

安心してご賞味ください。

店主　ミオラ

名医、竹山の一筆が利いたのだろう。やがて客足も戻ってきた。

夏がきた。ミオラにとって新潟での2年目の夏である。

夕涼みがてら蝉しぐれの街を歩きながらお千がミオラに言った。

「日本の夏は特別な季節よ。なんて言うのかしら、人生を感じるっていうか」

「ほう、それはどんなところに？」

「蝉の声、風鈴の音、蒸し暑い昼と少しだけ涼しい風が吹く夕暮れ、海の方に落ちていく夕陽、その光に染まる入道雲。そんな音や絵になぜなのか切なさを感じるの。ミオラさんにそれって分かるかしら？」

「イタリアの夏は人生を楽しむ夏だな。みんなで歌って踊って泳いでおいしいものを食べて、そして恋をする」

「わあ、なんだかそちらの夏もすてきね」


そしてお盆になった。

日が暮れると家々は、玄関に迎え火を焚き提灯を吊るした。中には高張提灯を吊り下げた家もある。竿の先に高く吊るし、門前に張り出すように掲げる卵形の大きな提灯だ。街全体がその灯りでほの明るくなった。

本町通りに盆市がたち、寺町通りは夜遅くまで墓参りの人たちが行き交う。

娘たちは、茜色に染められた浴衣や、ちりめんの振袖を着て通りをそぞろ歩く。若い娘が夜の街を歩くのはこの時期くらいである。若い男たちも彼女たちと触れ合う機会を求めて、通りを行ったりきたりする。

ミオラは髪に花かんざしをさしたお千と西堀や本町の通りを散策し、お盆の情緒に浸った。イタリアのクリスマスイブに少し似ている夜かもしれないな…歩きながらそんなふうに故郷と比べていた。

「お盆はどう?」お千が問いかけた。

「なぜだろう、なんだか懐かしいというか…うまく言えないけど。そうだ、セイショウナゴンは夏についてはどう言っているんだろう?」

「枕草子には、夏は夜とあるわ」

「ほう、夜なのか。夜のどんなところがいいと言うのだろう?」

「夏の夜を照らす月がいいと言っている。そしてその中でも満月がいいと。月が出ない夜も、蛍が飛び回るのがすてきだとしているわ。そして蛍のいない夜の雨音もまたすてきだと」

「月のある夜にはわたしも人生で経験した物語のあれこれを思い出したりする。空に月があるってほんとうにすばらしい。人間をロマンティックにしてくれるね。蛍はイタリアの夏でも楽しめるよ」

「月にそんな物語を感じるのは、イタリア人も日本人も同じなのね」

「冬については、寒くなったらまた聞くことにしよう」

「はいはい。冬までのお楽しみね」

ミオラの牛肉店が営所通１番町に開業した年、明治８（１８７５）年の夏、楠本県令は内務大臣として中央政府に栄転し新潟を去ることになった。

東京に発つ日、県庁の正面玄関には県職員一同がズラリと並び楠本を見送った。ミオラとお千の姿も見送りの最後列にあった。ミオラを見つけた楠本が握手を求めてきた。

「ミオラ、しっかり励めよ。食べ物の商売だ。人の信用を大事にな」

「県令さま、あなたにお世話になったことは決して忘れない。誰にでも胸をはれる商売をしていきます。これからも必ず！お約束します」

「また会おう。そのときまでに料理店を開いておいしい料理を食べさせてくれ」

「きっと努力します！そして西洋料理店を開きます。いつか県令さまにも食べていただきたいです」

「ミオラ、日本の郵便は西洋諸国からも称賛されるほど整備されている。困ったことがあったらすぐに郵便で連絡せよ。なにか力になれることがあれば力になる。遠慮はするな」

「ありがとうございます。お身体を大切に、お元気でお過ごしください！」

「日本は誰もが好きな職業を選べ、自由に生きることができる国になった。人にとってこんなにすばらしいことはない！ミオラが料理店を成功させ、その手本を日本人に示してくれ。期待しているぞ!」

そして隣のお千にも言葉をかけた。

「お千、先日の座敷では世話になったな。東京からの客も喜んでいた。いいもてなしができた。ミオラの店がうまくいくようにおまえも力になってやってくれ」

「はい、県令さま」

お千は少し涙ぐんでいた。

ミオラに大きな幸運をもたらしてくれた楠本との日々はいま去っていこうとしている。そのときをつかまえておくことはもはや叶わない。別れの寂しさ、そして大きな感謝のふたつがミオラの胸を満たしていた。

「さみしくなるね、ミオラさん」

「別れはさみしいよ。でも出会いと同じように別れも人生につきものだと思う」

自分に言い聞かせるようにお千に話した。

「なにもない人生はつまらないよ。大切なもの大切な人と、やむを得ず別れながら生きていくこともあるのが人生だと思う。わたしはこれまでもたくさんの別れをして、そしてたくさん新しい出会いを得てきたよ」

新潟にきたころはまだ一介の曲馬団の賄い料理人だったミオラは、別離と出会いを経て、自分の道を歩みはじめていた。

お千は思った。

―私はミオラと知り合うことができた。ふたりにはいつか別れがくるのだろうか、それとも…

遠くにある積乱雲の中でピカッと光った。しばらくするとゴロゴロと音が聞こえてきた。遠雷はこの夏の終わりを告げていた。

この年、明治８（１８７５）年の９月、ミオラは新たに借家をすべく動いた。東中通１番町の家である。家主の鍋谷孫太郎からミオラに貸す旨、県庁に届け出がなされた。

しかしスンナリとはいかなかった。この借家申請に待ったをかけた県職員がいたのである。旧長岡藩士の青瀬であった。ミオラが提出した申請書に問題があると指摘してきたのだ。

青瀬はその文書力を買われて、その種の申請についての審査事務を担当するようになっていた。能力は買われていたものの、元武士らしいキマジメな一本気で融通の利かないところは変わっていない。外国人嫌いも、である。

新潟における外国人の借家申請については自由であるというのが建前だったが、実際には事前の許可が求められた。以前の事例で内務省から大幅な修正指示があって手間取ったことがあった。楠本は新潟を去る前に、外国人の借家をめぐる混乱はできる限り回避できるようにせよという指示を県の役人にしていた。

楠本の意を受けた役人は、貸し手の鍋谷に契約書の文言について指導を行った上で申請させたのだが、ちょっとした誤字と記載ミスを青瀬が見つけたのだ。県の幹部が目をつぶってやれと青瀬に言ったが、青瀬は承知しなかった。

「一度それを許せば、前例になりますぞ。その責任はとっていただくという理解でよろしいか？」

青瀬の正論は無視できず、誤字と記載ミスについての修正や認可のやり取りに3か月もかけ、ようやくその年の12月に許可がおりた。

ミオラの牛肉店は東中通1番町に移転した。

ミオラが仕事を終え家路をゆくと、冷たい風がヒューヒューと虎落笛を鳴らしていた。どんよりと低く重い空がもうひと月も続いている。

年が明ければ日も少しずつ長くなり、空にも明るさが出てくる。今は寒々と葉を落としている堀端の柳も、暖かくなれば枝を伸ばして緑の葉をつけ、元の豊かな姿に戻っていくだろう。

自分もいい春を迎えることができるようにがんばらねば…

新潟での2年目は、こうして暮れていった。

第6章

挙式

港町に花街あり。新潟の花街《かがい》もその名が知られている。そして新潟の女といえば古町芸妓である。

明治の政治家や高官の夫人には花柳界出身の女性が多い。伊藤博文夫人の梅子はもと馬関（下関）芸者で、木戸孝允夫人は祇園の芸妓である幾松である。陸奥宗光夫人は新橋で鳴らした小鈴という名妓だ。戊辰戦争で官軍の司令官として河合継之助と戦った土佐藩士の岩村精一郎は、進駐した新潟でお吉という芸妓を見初め本妻としている。また新潟では県庁の役人や実業家、銀行重役などの夫人となった芸妓も数多い。

一流の人間にも対応できる女性として育てられた彼女たちは、世間に通じ教養もある。明治の高官たちのホステス役として適役なのである。遊女と違って芸や和歌など日本文化の教養を売り物にする芸者は、江戸時代に現れ明治になって芸妓と呼ばれるようになった。新潟芸妓は京の祇園や東京の新橋芸妓に匹敵するほど有名だ。美しい容姿と磨き上げられた芸、加えて心から客をもてなす接待で評価を得ている。目から鼻へ抜ける東京の芸者と比べどこかおっとりしているというのが客の新潟芸妓評で、多くの旦那衆が遠方から遊びにくる。

新潟古町の花街は長い歴史を持つ。幕末の志士で儒学者の頼三樹三郎《らいみきさぶろう》は、「八百八楼、涼しきこと水に似たり簾をかかぐ七十二橋の風」とその情緒を詠っている。

この花街を芸妓と共に支えてきたのが料亭である。行形亭《いきなりや》と鍋茶屋は江戸以来の老舗だ。

初代の勝五郎が芝居役者のような風貌で「粋ななり」と称賛され、それがそのまま屋号になったとされる行形亭《いきなりや》の創業は文化文政のころと言われる。街の中心部から海の方向へ、7、8分ほど歩いたところにある。

街中《まちなか》の雑踏を離れた庭の風情を、明治18（1885）年に寺門静軒が著した『新潟繁盛記』はこのように描写している。

「春は即ち梅花ほころび…夏は即ち牡丹たわわに欄干を圧し、かきつばた水に映じ、竹を渡る風さわやかに…」

行形亭《いきなりや》の隣には道を一本挟んで監獄がある。監獄と料亭、その対比から人はこの道を「地獄極楽通り」と呼んでいる。戊辰戦争のときにはこのあたりも戦場となって銃弾が飛び交い、みな海岸まで逃げたという。

鍋茶屋は古町通りと東堀の間を並行して走る東新道にある。創業は黒船来航のころとされる。年中味わえる「鮭のへギ身」がなじみの客に愛されている。20日塩して、竹の包丁で表皮のぬめりをとって風通しのよいところに吊るすのだ。

「新潟の味はすなわち行形亭《いきなりや》の味であり鍋茶屋の味である」とされるふたつの名店は、花街の隆盛で役割を増し、芸妓の活動の舞台ともなって港町新潟の料亭文化を育んできた。

やがてイタリア軒が誕生するのは、新潟が誇るこの行形亭《いきなりや》と鍋茶屋、ふたつの料亭のちょうど中間のあたりである。

新潟の花柳界に身を置くお千は芸妓の手前の振袖で、京都で言えば舞子さんにあたる。11歳のときに置屋の女将に養女としてもらわれ、故郷である佐渡にいる両親のもとを離れた。貧しい農家で、自分がいては家族が食べていくことができないのは、幼いお千にも分かった。支度金という名目で、女将から両親へ金が支払われた。

故郷を船で離れる日、佐渡が小さくなっていくのを見て涙が止まらなかったのをよく覚えている。

「オカカのとこ帰る。オカカのとこ帰る」

と女将に泣いて訴えたことも一度や二度ではなかった。やがてそれは叶わぬことと諦めた。

芸ごとの修行は厳しかった。夏も冬もまだ薄暗い6時には起きて、おっしょさん（師匠）の家に行く。玄関で挨拶してあがっていくと、いつもおっしょさんはすでに起きて待っていた。踊りに三味線に鳴り物と厳しい稽古があって遊ぶ暇もなかった。

東新道や近辺の小路では、日中もピンシャン、ピンシャンという音が聞こえてくる。それは振袖が稽古で鳴らす三味線で、風情があった。

そして今、19歳になり芸妓になるぎりぎりのときがきていた。

芸妓になるお披露目では、紋付や晴れ着を何着もつくらなければならない。帯や長襦袢《じゅばん》も着物の柄に合わせねばならない。例えば着物が牡丹の図柄なら他もそれに合わせるのだ。高価な本ベッコウの櫛も入手せねばならない。大変な物入りで、事前からの入念な準備が必要なのである。

ミオラにもそうしたことを世間話で話していた。

そのミオラは、店の経営に十分な手ごたえを感じていた。そしてお千に一緒になりたいということを話す時期がきたと思っている。お千なら一緒に店を切り盛りしてくれるはずだと確信している。

明治９（１８７６）年の春、この夜は淡雪だった。

石油灯のともされた古町通の雁木《がんぎ》の下をお千と歩くミオラは、橋の上で立ち止まった。

そしてお千の肩に手を置いた。

「ヴォイ　スポザールミ？」

「え、なに？」

「わたしと結婚してください！」

イタリア語で一度、日本語で一度の、あわせて二度のプロポーズだった。

いつしか雪はすっかりやんでいた。

シンと澄んだ空気の中、夜空を見上げるふたりに雲の切れ間から星が落ちてくるようだった。

明治になって、外国人との結婚が認められるようになっている。

お千が11歳で佐渡の農家から置屋の養子として新潟にきてから8年あまり。振袖から芸妓になるのはあたり前だと思っていた。お千の利発さと明るさを気に入ってくれている贔屓筋は経済人にたくさんいる。この仕事にやりがいも感じている。

しかしミオラの妻になればこの世界から身を引かねばならない。それは許されることなのだろうか…

「ミオラさん、ありがとう。とてもうれしい。でもその返事はすぐにはできない。みんなに相談しないと」

「結婚はあなたが決めることだよ」

「そう簡単にはいかないの…」

お千が置屋の養子になったときに、置屋の女将からお千の両親に少なからぬ金が払われている。

以来、やがて芸妓になることを前提に、これまで振袖として育てられ芸ごとを仕込まれてきた。女将には養母となって芸や教養を習わせてくれた恩義がある。

これまでは芸妓としての道を真っ直ぐに歩み、修行を重ねてきたお千であった。いずれ芸妓になることに疑問を持ったことなどなかった。

相手のミオラは外国人、しかも日本からははるか遠い遠い国の人間である。生まれ育った文化も社会も考え方も違う。それがぶつかりあいを生んでしまうことはないだろうか。なにかのはずみで取り返しのきかないケンカなどしたらどうなるのだろう…

そもそもこの土地の人たちは、イタリア人である彼を受け入れてくれるのだろうか。

しかしこれまで話をする中でミオラのことはよく理解できたつもりだ。そしてミオラと知り合って、違う世界を体験できたらすばらしいと思うようになった自分がいる。ミオラは知らない世界を教えてくれる男だ。そんな男に出会うのははじめてなのだ。

―この人はかけがえのない人かもしれないミオラは、複雑な芸妓の世界のことを十分には理解はできていないかもしれないが、お千を愛する気持ちをじゃますることは誰にもできないと言ってくれた。

ふたりは互いの家への分かれ道となる橋まで歩いてきた。お千の家はもうすぐそこだ。

雲の切れ間から月が顔を出している。今夜は十六夜の月だ。

橋の上に落ちたふたつの月影は、いつまでも別れがたくそこに佇んでいた。


ミオラにプロポーズされてから数日が経った。気持ちも固まった。お千は稽古から帰ると女将に話した。

「実はね、お母さん」

「なんだい?お座敷でいいことでもあったかい?」

「ミオラからね、結婚を申し込まれたの」

「なんだって!だめだよ、そんな話。おまえは芸妓になるんだ」

いつにない怖い目でお千をにらみ、言下に否定した。

お千は数十人もいる振袖の中で、売れっ子として注目されている。その器量と教養、機転を評価する多くの政財界の客が、座敷に呼んでくれ可愛がってくれる。

誰もが次代の新潟美人を代表する名妓になると認めている存在なのだ。

お千は竹山を訪ね、求婚されたことを話した。

「そうか、やっとミオラが、そうか」

竹山は喜んでくれた。

「で、女将は？　いいと？」

「それが…」

翌日、置屋に女将を訪ねる竹山の姿があった。

「ミオラをお千が支えてくれればその店はきっと繁盛する。そしてミオラはいずれ近いうちに西洋料理店を開く。新潟を代表する店になるぞ。名士も有力な経済人も客になる。そこは芸妓たちに座敷がかかる場にもなるはずだ。さすれば女将の置屋にも必ず芸妓をよこしてほしいという話がいく。どうだ、認めてやってはくれないか」

「いくら竹山先生の頼みでもそれはだめですよ。お千は手間暇かけて育ててきたんです。唄と踊りを仕込むために時間もお金もかかった。それに佐渡の親にもお金を渡してあります」

女将は竹山に恩義があった。

女将の父が大病をしたときに適切な治療で命を救ってくれたのだ。竹山の懸命な治療があってこそ助かった命だと、女将は心から感謝している。

また竹山が花街で遊ぶときには、必ず女将の置屋に声をかけてくれていた。恩人でもあり上得意でもある竹山は、女将にとって大切な存在である。竹山がお千を芝居や甘味処へとたびたび連れ出すのも納得づくであったし、ミオラの看病に行くのを認めてやっていたのもそれが理由だった。

「金はミオラが毎月返していく。牛肉店の商売は順調だから大丈夫だ。明日ミオラを連れてくる。そしてあいつに約束させる」

「あちらの人間なんか、どこまで信用できるんだか。そのイタリア人の肉屋って、病気の牛の肉を売っていると噂が出たこともあった店じゃないか」

「あの噂はデタラメだった。それは俺も確かめた」

「ふん、どうだか」

かたくなな女将に、竹山はその日はいったん引き下がった。

翌日、竹山に連れられてやってきたミオラが女将に言った。

「お金は毎月女将さんに返していきます。何年かかっても全部返します」

「その返済は商売にさしつかえるんじゃないのかい?」

「いいえ、女将、むしろ仕事の励みになります」

ミオラと向き合う女将に竹山は言った。

「返済の件に関しては、俺が保証人になる」

竹山の「保証する」という言葉が女将の気持ちを傾けたようだった。しばらく考えていたが、その顔つきはそれまでと違っていた。

「竹山先生が保証するとおっしゃるならしょうがないですねえ。そんなに好き同士なら商売もきっとうまくいくでしょうね…約束ですよ、お金のこと。そして必ず、芸妓のお座敷の注文をうちにもまわしてくださいよ！」

「約束する」

竹山に続き、ミオラも言った。

「はい、わたし、約束します！」

お金の件を竹山が保証してくれたことで、置屋の女将も折れたのである。

「ミオラさん、あなたはまずしっかり商売を成功させて、いずれは、いや遠からず芸妓を呼べるような料理店をお願いしますよ。そして、お千をきっと幸せにしてくださいね。きっとですよ」

こう話す女将は、もうお千の母親の顔に戻っていた。

女将にとってお千は、養女とはいえ可愛い娘であることにかわりはなかった。ただ、いずれよい人ができるにしても、それはだいぶ先だと考えていた。

女将に呼ばれたお千が部屋に入ってきた。

竹山がやり取りを、かいつまんでお千に話した。

「お母さん、ありがとうございます。いずれきっとお母さんの商売につながるよう、ミオラさんとがんばっていきます」

こうしてお千は振袖から転じ、ミオラの妻となることが決まったのである。

お千が結婚式の会場として相応しいと考えた場所がある。それはある神社だった。ミオラの故郷であるイタリアには至るところにマリア像や教会がある。新潟も神社が多い街だとミオラは感じていたが、実は日本で一番神社の多い土地柄なのである。そのひとつが上古町《かみふるまち》にある古町愛宕神社であり、隣接して姉妹社の古町神明宮がある。

古町愛宕神社は、慶長14（1609）年に京都の愛宕神社本宮より御分霊を迎えたもので、今の場所に移転したのは明暦年間とされている。

古町神明宮の参道には、安政4（1857）年に建てられた芭蕉の句碑がある。

「海に降る　雨や恋しき　うき身宿」

浮草宿とは遊女宿のことだが、旅の身である芭蕉のことを浮き身として表現したという説もある。新潟に降る雨の抒情と、新潟という地での旅情を感じさせる句である。

俳聖の芭蕉が弟子の曽良と新潟を訪れたのは、元禄2（1689）年7月（旧暦）だった。ところが夏の盛りとあって、多くの商人が新潟に滞在しており宿が見つからない。ふたりが探し回った末に一夜の宿を借りることができたのは、大工源七の家であった。

句碑となったこの句は『奥の細道』には載せられていないが、芭蕉のいろいろな句集に掲載されている。大工源七と、世話をしてくれた母親に対する感謝を詠んだ句と言われている。

芭蕉のあの有名な句「荒海や　佐渡に横たふ　天の川」は、このうき身宿の夜に生まれたのかもしれない。


古町愛宕神社の敷地には、明治17（１８８４）年に境内社として口之《くちの》神社が建立される。それは明和騒動の主役となったふたりの義人、涌井藤四郎と岩船屋佐次兵衛を祀り、その魂を慰撫するための神社である。

明和騒動とは、江戸時代の半ば明和５年に、涌井と岩船屋のふたりを中心とする住民たちが起こした出来事だ。

財政の悪化に苦しんでいた長岡藩は、明和４年、新潟湊で暮らす町民に1，５００両の御用金を納めるように命じた。しかし信濃川に土砂が堆積して浅くなり、船の出入りが減って不況に陥っていた時期に重なった。

町民たちは御用金を全額納めることができず、半分の７５０両を納め残りは翌年に支払うことで許しを得た。ところが翌年になっても景気は回復せず、残りの７５０両の支払いはできなかった。

涌井藤四郎を中心とする町民は、会合を開いて御用金の支払いを先延ばしにしてもらお

う と話合いを行った。この集まりを反逆的な行動と判断した長岡藩は、中心メンバーの藤四郎らを捕まえ牢に閉じ込めた。

これに反発した1,000人といわれる町民たちは、明和5年9月、集団となり、折からの飢饉の中で米を買い占めて町民を苦しめていた豪商や町の有力者の家などを次々と打ち壊した。

新潟奉行所はこの騒ぎを鎮めようとしたが、町民たちの抵抗が激しく、やむなく藤四郎らを解放した。その後、打ち壊し騒ぎは説得にあたった藤四郎らの手で鎮められ、以降2か月の間、新潟町の町政は長岡藩に代わって藤四郎ら町民が担った。

藤四郎はまず米の値段を引き下げ、さらに酒や豆腐の値段、質屋の利息も引き下げた。

奉行所の支配が行われなくなったので、夜になると町民の自主的な夜回りや、辻番による巡回が行われた。町民の意思や意向は昼夜を分かたず行われる寄合いで吸い上げられた。藤四郎の行動には独断がなく、絶えず町中の総意を統一しようと努力しそれが人望を生んだ。町のことは全て民主的に行われ、最終的には涌井の下知で動くようになったのである。

民衆の自治としては、1871年にフランスのパリを2か月間に渡って治めた労働者自治政府、パリ・コミューンが有名だが、新潟における町民自治はそれより100年も前の封建時代の日本で行われた画期的な出来事だった。

その後、長岡藩は藤四郎たちを長岡に呼び出し、藤四郎と、行動を共にしていた岩船屋佐次兵衛とのふたりを打ち首にした。お上に背いた罪人として処刑したのである。

しかし、彼らの行いが歴史から葬り去られることはなかった。

新潟の、自由と自立を求める町民気質と風土をその歴史に刻み付け、新潟の人たちの胸に忘れがたい記憶として残った。

後世、民主主義や市民自治の観点から画期的と評価されるこの出来事は、新潟が誇るべき歴史として口伝で密かに語り伝えられてきた。

新潟の芸妓たちも、江戸の世においては幕府をはばかり、密かにふたりの義人の慰霊を続けた。明和義人の物語を口伝で伝え、愛宕神社と口之《くちの》神社で義人への感謝の祈りを捧げてきたのである。

そして今、明治の時代になり、義人に感謝を捧げるにあたっての気遣いは無用となった。

お千は、この神社での挙式がきっとふたりの将来を守ってくれると思った。


ピエトロ・ミオラを撮った一枚の写真がある。和服に紋付の羽織を着たものだ。胸に勲章をふたつ下げている。それは若い日に、イタリア統一戦争に従軍したときの戦功で受けたものである。

ミオラも従軍したイタリア統一戦争の結果、北イタリアは１８６０年に統一され、１８６１年にイタリア王国が生まれた。戦いに参加したミオラはそのことを誇りにしていた。

ピエトロ・ミオラ
（株式会社 イタリア軒提供）

故郷のために戦った経験を持つミオラは、新潟で100年前に起きた明和義人の物語に共感を抱いた。そして、その出来事をお千が大切にしている気持ちがよく理解できた。

「愛宕神社で式をあげよう」

ミオラもこの神社での挙式がふたりに幸せをもたらしてくれると思った。

結婚式の主流は人前結婚式、つまり家族や親類縁者に加えて世話になっている知人や友人を招きその前で誓いをたてるやり方だ。式の会場もたいていは新郎の家だ。神前結婚式は少数派であるが、ふたりは愛宕神社での式を選んだ。

ふたりの挙式の日がきた。明治9（1876）年7月7日、七夕まつりの日である。住吉様の神輿が練り歩く街は賑やかだ。

そんな日の挙式には、お千の振袖や芸妓の仲間もきてくれた。お千は幸せそうだった。

竹山医師が媒酌人となってくれた式でミオラは心に誓った。

―きっとお千とふたりで成功する―

お千は2年前の七夕の日を思い出しミオラに言った。

「あなたとはじめていろんなことを話したあの日も七夕だった」

それはミオラが新潟に残ってくれるのではないかと感じることができた日だった。

「あなたと私は、年に一度しか会えない織姫と彦星の恋じゃなくて、毎日を共に過ごす夫婦になるのよ」

「それはどんな意味？」

「それはね…」

七夕の日に織姫と彦星が織りなすロマンの物語を、お千から聞いて喜ぶミオラだった。

「お千、これからはわたしのことをミオラさんと呼ぶのはやめてほしい。それは他人の呼び方だ」

「なんて呼ぼうかしら？」

「イタリアの夫婦だと普通は名前の方を呼ぶ。つまりピエトロ、だな」

「…でも私は、ミオラがいいわ。短くて呼びやすい」

「そうか、ではそのように」

「はい、ミオラ。あなたと話すときの言葉遣いも夫婦らしいものにするね」

楠本を惹きつけたミオラの人柄は、この大物県令が新潟を去ったあとも多くの人に愛された。牛肉店の経営は順調だった。

結婚の翌年、明治10（1877）年の正月。

お千が冬の料理、のっぺをつくってくれた。里芋、蓮根が主役で、祝い事のときにもお正月にも事あるごとにつくられる新潟の味だ。

お千のつくるのっぺは、人参、あぶらげ、銀杏、そして鮭と、とと豆が入っている。とと豆とは鮭の卵のことだ。汁物というより煮物なのだが、あまりくたくたになるまで煮込まないのが新潟ののっぺの特徴である。温かいままでも冷やしてでもおいしい。お千は冷えたのっぺが好きだった。

ミオラはこののっぺに新潟の味を感じた。

屈指の米の産地である新潟では食文化が豊かに育まれてきた。

県境の山々の雪どけ水は信濃川や阿賀野川に流れ込み、豊かに含まれた山の養分が水田の稲を育てる。さらにその水の流れ込む川や海は多くの生きものを育て、食材の宝庫となる。

春になればめだかがとれ佃煮になる。蓮やじゅんさい、そして鮒、鯉、なまずに鰻、エビに蟹が食卓にのぼる。秋には鮭が信濃川を上ってくる。

わらでしばって軒下にぶらさげられた白菜、砂に埋められた人参や牛蒡、たくあんにされた大根と、真冬でも野菜が尽きることはない。

蒸す、焼く、こねる。米自体の調理方法も味わい方も様々である。

ミオラはそんな新潟の味覚の四季を楽しんだ。

この年の2月には西南戦争が起きた。米価が高騰し産地の新潟は好況となった。ミオラの店に牛肉を買いにくる客が目立って増えたのもこの年だった。

ミオラが牛肉の販売に加えて料理店を開くことにしたのは、明治11（1878）年の夏だった。牛肉店を開いてから3年、お千と夫婦になってから2年が経っている。

初夏のある日、仕事を終えたミオラは海へと足を運んだ。海岸の砂丘までくると、間もなく日が沈むところだった。

新潟の人にとっては佐渡に沈んでいくのが夕陽だ。あの島を黒いシルエットにして姿を消していくのが最高の夕陽なのだ。

料理店を開くにあたって、ミオラが事前に行っておきたいところのひとつが佐渡だった。

牛の飼育の状況を目で見ることと、月に2度の決まった量の牛肉の仕入れを確保していくために佐渡へ行きたかったのだ。

そして佐渡にはお千の両親がいる。

お千の両親は貧しい農家である。結婚式にも出てほしかったが、旅費を工面できないし、農作業や牛の世話にも手が離せないと出席してくれなかった。お千を置屋に養子に出した負い目があったのかもしれなかった。

夕陽を見た日の夜、ミオラはお千に言った。

「お千、佐渡に行って、仕入れる牛の牧場を見てこよう。おまえのお父さんとお母さんにもご挨拶したい」

お千は承諾しないかもしれないとミオラは思っていた。案の定…

「いやよ」

「なぜ?」

「だって…」

お千はお金と引きかえに養子になった身ではある。ただ、芸妓の世界で振袖として過ごしてきたこれまでは、楽しいこともたくさんあったとお千から聞いている。そして竹山のような人間とも知り合うことができたのだ。

「お千のお父さんとお母さんはこの世にひとりずつしかいないよ。久しぶりに話をしてこれまでの空白を埋めるいい機会じゃないか」

「話なんかないわ」

「そんなこと会いもしないで分からないだろう」

「もう長い間会ってないし」

「これからもずっと会わずに過ごすつもりかい？ それはさみしいことだよ」

「あなたには私の気持ちは分からない」

「分かるようになりたいんだ。だからお会いしよう」

ミオラの説得にお千が納得したのは、それから３日後のことだった。


開国したと言っても明治の日本が外国に開放したのはごく一部にとどまっていた。外国人の居留地を設け、動ける範囲を十里（およそ40キロ）以内と規定していた。

その理由のひとつは、日本が諸外国と結んだ不平等条約だった。外国の領事裁判権を認める安政の通商条約では、外国人の日本国内における犯罪を日本の裁判で裁く権限はない。そんな特権を持つ外国人に国内を自由に歩き回られては、なにをされてもそれをどうすることもできないのである。

慶応３（１８６７）年に結ばれた新潟港と佐渡の夷港《えびす》（新潟港の補助港）の開港に関する協約では、新潟では奉行所より40キロメートル四方を、佐渡では全島を外国人の遊歩範囲とする規定が設けられた。

佐渡はミオラも自由に歩くことができるのだ。

７月のはじめ、新潟港を出た船は佐渡の西にある佐和田の港に着いた。お千の実家はここから5キロほど北へ行った海岸沿いの集落だ。船で佐渡にくることは伝えてあった。

2時間ほど歩いて家に着くと、母親が庭で洗濯物を干していた。

「かあちゃん！」

「お千！」

家を出て新潟の置屋の娘になってからもう10年になる。

「父ちゃんは元気だか？」

「ああ、今野良仕事だ。すぐ帰ってくる」

「お母さん、はじめまして、ミオラです」

「あんたがミオラさんか。お千がお世話になっとります」

お千の家は母屋があって、納屋と便所は別棟である。納屋は西風から母屋を守るため西側に建てられておりその中で牛を飼うのだが、今は放牧されている。土蔵を持つ家が増えていたが、籾や財産を火から守るための豊かさの象徴で、お千の家でそれを持つのは無理だった。

間もなく父親も帰ってきた。記憶にある父はもっと逞しかった。10年の歳月がすっかり老けさせ、身体も小さくなったとお千は感じた。

「父ちゃん、すっかり白髪になったね」

「ああ、爺いになってしもた。みんな嫁に行ってかかあとふたりきりになったっちゃ」

お千には姉と妹がいたが、ふたりとも近郷の農家に嫁に行ったという。

ミオラが挨拶すると少し驚いた様子だった。

「日本の言葉が話せるんだのう」

「はい。一生懸命に勉強しました」

この日は実家に泊まり、用意してくれた料理と酒で過ごした。心尽しの料理であることをミオラはすぐに理解した。

「なんもねえけんど、いっぺえくうての」

「はい、おいしそうです、お母さんの料理」

囲炉裏を４人で囲んでの夕餉だ。茶碗の飯を見たお千は驚いた声をあげた。

「カテメシじゃねえて、白い飯だ！」

「今夜は歓迎のごっつ（ごちそう）だっちゃ」

カテメシのカテはカテル、つまり加えるの意味で、米になにかを加えたメシということになる。加えるのは大根やその干し菜、芋、豆、麦といったところだ。

最高のごちそうである「餅」も出た。フグも出た。ぶ厚い輪切りにしてわかめと一緒に煮てある。里芋とこんにゃくのあんかけも。

タクアン、ラッキョウ、梅干しも。イワシを具にした味噌汁と、ドジョウ汁もだ。

ミオラはひとつひとつどんな素材でどんな調理をしたのかを確認しながら味わった。

「酒もいっぺえあるっちゃ」

ミオラは日本酒を年々好きになっていた。佐渡の地酒のうまさは格別だった。近くの海でとれたイゴネリ、モズク、ノリも出た。酒にとても合った。父も母もまじめな農家だった。ふたりともミオラへ、お千を嫁がせてくれた感謝の言葉を何度も口にして、酒を注いだ。

「お千、ひとつ聞いてもいいかな」

酒に酔ったミオラが言った。

「なあに？」

「お千は久しぶりにお母さんとお父さんに会った」

「そうよ」

「なぜハグしない？」

「ハグって？」

「抱きしめ合うことだ」

「そんなこと日本人はしないわ」

「なぜ？大事なお母さんとお父さんなのに」

「そんなことしなくても、気持ちは分かるわ」

「どこで分かる？」

「分かるの」

「そうなのか」

「そうよ」

両親は笑っているだけだった。自分ならイタリアの両親に会えば、強くハグするのに。ミオラはそう思った。そして五本の指をすぼめて松ぼっくりのような形にし、手を上下に動かした。

「それはどういう仕草？」

「わたしにはよく理解できない、とか、わたしにはありえないことだ、みたいな意味のジェスチャーだよ。大事な人にハグしないなんてわたしには理解できない！」

そのやり取りは、両親を喜ばせた。ミオラが自分たちを大切な存在として意識してくれていると伝わったからだった。

夜は土間のお勝手場の隅に置かれた風呂に入れてもらった。オロケと呼ばれる蒸し風呂である。大きな桶に湯を入れ、その中の椅子に座り、ふたをすると湯気で蒸し風呂となる。ときどき熱湯を注ぐのだ。

汗を拭きとると爽快な気分になった。

その夜はふたりとも熟睡した。

翌朝早く、佐渡の外海府《そとかいふ》にある牧場へ向かった。母親のつくってくれたおにぎりをふたつ持って。

江戸時代に佐渡は全島が幕府の直轄領となり、佐渡奉行が統治にあたった。幕府にとって相川の金銀山は重要な財源だった。

明治になり佐渡には「佐渡郡」が置かれ、後に相川県と名前が変わり、明治9（1876）年、新潟県に編入された。

佐渡牛は千年以上前から飼育が行われてきたとされている。江戸時代には農耕や鉱山などの役牛として大切に育てられた。島全体での飼育数は明治7年には1,000頭を少し超える程度であったが、明治10年には3,500頭に達している。佐渡以外の新潟全体で250頭ほどであることを考えると、その力の入れ方が分かる。

佐渡鉱山の繁栄もあって大きく需要を高め、明治時代に入ると新潟県の牛の主力産地となって「和牛の島」として名を馳せている。

佐渡では山間放牧が中心である。芝草が萌え出す春から秋の気配が色濃くなるまで、放牧場に農家が牛を放牧する。そこで子牛も母牛も一緒に大地の恵みを受けて育つのだ。

一番の放牧地は、島の北側の外海府《そとかいふ》へ広がる大佐渡山脈中腹の台地にある。ふたりが目指すのは、高千《たかち》という海に面する集落である。お千の家から25キロほどあり、歩いて6〜7時間ほどかかる。

瑠璃色の空の下をふたりで歩いた。

外海府《そとかいふ》の海の透明度はとても高い。そして海風は爽やかだ。左手に外海府《そとかいふ》の海を、右手に大佐渡の山々を見ながら海沿いの道を歩いた。

ところどころ咲く石楠花《しゃくなげ》が香気を放つ。

昼ころ高千《たかち》につき、集落の出迎えを受け台地に広がる放牧地のひとつに案内された。

高千《たかち》をはじめ点在する集落では、1軒あたり4、5頭ずつ牛を飼っている。その数は、外海府《そとかいふ》だけで数千頭に達する。

農家は春の農作業が終わると牛たちを山野に放す。飼育労力の軽減と牛の健康維持のふたつを放牧が同時に果たしてくれる。牛たちは秋に下山するまで、海洋性気候の島のミネラル豊富な芝草を食べ、自由に大地を歩き回る。放牧は牛たちの心身を健やかに育む。

牛たちはゆっくりと金北山《きんぽくさん》をのぼり、山頂近くまで達するころ秋気寒冷を覚えるようになり、自然に山を下りはじめ自分でふもとに帰る。帰ってきた雌牛は子供を宿しているのである。

「すばらしい牛です。みなさん、これからもよろしくお願いします」

ミオラは牛の放牧環境と品質に満足した。当面は月に2回、1頭ずつ仕入れる契約である。高千《たかち》の港から船で佐和田まで運び、そこで大きめの船に積み替えて新潟港へ運ぶ手はずとなっている。

高千《たかち》で一泊し翌日の帰り道、ミオラは豊かな自然の中を、少し黄みがかった淡い桃色の鳥が、6、7羽の群れで飛ぶのを見た。

「ミオラ、あれが朱鷺《とき》よ」

いつか新潟の浜で話した、佐渡にはどこにでもいる朱鷺という名の鳥であることをお千が説明した。

二人はお千の実家にもう一泊し、翌朝の船で新潟に向かった。

佐和田の港まで両親が送ってくれた。

「お母さん、お父さん、お世話になりました。お千のことはわたしが幸せにします」

「はい。よろしゅう頼みますっちゃ」

お母さんもお父さんも深々と頭を下げた。

「かあちゃん、とうちゃん、おれは幸せになるから心配せんでな」

出航すると、両親もミオラとお千も、お互いが見えなくなるまで手を振って別れを惜しんだ。

イタリア人もさよならのときは、お互いが見えなくなるまでバイバイと手を振り合うのだ、そうミオラがお千に教えた。

帰りの日本海も穏やかだった。佐和田の港を出た船は陸地に近づいてきた。はじめて新潟にきたときに海上から見た光景を、今はお千と一緒に見ている。

陸が近づくとウミネコが船の周りを飛ぶ。煎餅を投げると器用にくわえた。それを見てスリエ曲馬団のことを思い出した。多くの動物を飼い慣らしてショーを行っていたことを。あの曲馬団での怪我でお千と知り合い、新潟に残ることになった。

「お千、ご両親に会えてよかったか？」

「…うん。ありがとう。ふたりともミオラと話して安心したみたい」

「よかったな」

「きてよかったわ」

「そうか！」

海風も潮の香りも心地よかった。

「お千、今度、弥彦の神社に行ってみよう」

「そうだね、片道を一日で行けるよ。向こうには温泉もある」

陸地の西の果てに見えるふたつの峰の向こう側、弥彦山のふもとにその神社はある。商売繁盛のお祈りをしたいなどと話をしているうちに港に着いた。


新潟に帰ると、西洋料理店の準備に精を出した。

店を出すための家屋を東中通に借りることができた。県庁の役人が骨を折ってくれたのだ。楠本県令が職員に自分が去ってもミオラに協力するよう頼んだことは、様々な形でミオラを助けてくれている。

「大勢の人が助けてくれる。よかったね、ミオラ」

はるか東洋の東の果ての地で受けるこうした支援は、楠本や竹山と知り合うことがなかったら叶わなかっただろう。確かに幸運だった。その信頼を裏切ってはならない、この幸運を大事にしなければならない。異国人がここで生きていくためにそれは必要なのだ。

「ありがたいことだ。でもね、わたしを一番支えてくれているのは、もちろんお千だよ」

イタリアの男らしくいつもお千に感謝の言葉を口にしているミオラであったが、今日は一段と心のこもった口調だと感じ、お千は嬉しかった。

西洋料理店を開くにあたってはやらねばならないことがもうひとつあった。それは東京に行って、流行っている店の料理を食べてみることだった。東京や横浜で人気を集めている肉料理、牛鍋を見ておきたかった。

牛肉を食べるのは、滋養のためとか開化的であるとかの理由がまだ多かったが、ひとたび食べてみればそのおいしさに「3日食べないと調子が悪くなる」という人まで出てくるほどになっている。料理店で最初に提供するメニューも牛鍋と決めていた。

明治7(1874)年に、研究調査か病気療養という条件つきで、日本での外国人の内地旅行が許可された。ミオラは「料理ビジネスの調査研究」を目的として申請した。イタリア公使の保証が必要だったが、公使は蚕商人がほとんどの来日するイタリア人の中にあって、食のビジネスを志すミオラのことは注目しており、保証する旨の文章を書いてくれた。楠本や後任の県令、永山の口添えもあって、東京への往復が認められた。

この東京行きは、お千にとって生まれてはじめての本格的な旅行だった。

日本の個人旅行のはじまりは、江戸時代の伊勢詣だ。弥次さん喜多さんで知られる『東海道中膝栗毛』はその様子を描いた物語である。

江戸時代の「旅」には往来手形が必要だったが、「体力向上のための湯治」か「信仰による参拝」を目的とすれば許可された。実態は神仏参拝や治療にかこつけた物見遊山であったが、その需要で街道には宿屋や茶屋が生まれた。

明治2（1869）年、江戸時代を通して設けられていた関所が廃止され、明治4年には誰でも自由に国内を旅行することができるようになった。これにより新潟から東京や京都へ旅する人も出てきていた。

世界に目を向ければ、すでにイギリスでは個人のパック旅行がはじまっている。蒸気船や蒸気機関車の登場が可能にしたもので、エジプトやパリ万博などへのコースが提供されている。


明治11年7月の半ば、ふたりは東京へ出発した。

新潟から長岡までは、明治7年に就航した蒸気船「魁丸《さきがけまる》」に乗った。石炭の火力で蒸気をつくり、船の両側についた水車状の外輪を回す。外輪は煙突から黒煙を吐き力強く水を掻いて和船では出せぬスピードで進むのだ。ときおり獣の叫びのような汽笛を鳴らすこの船は、人々に時代の変化を感じさせている。

信濃川を長岡までさかのぼって一泊した。戊辰戦争で焼け野原となった長岡はみごとに復興していた。

翌朝、出発する際に宿の女将がカステラをおやつに持たせてくれた。ポルトガルから伝わった小麦粉と卵と砂糖でつくられたお菓子である。魚沼三山の姿を楽しみながら歩き、やがて到着した六日町で二泊目の宿をとった。

六日町から東京までは250キロ。当時の旅は一日30キロが標準で、急ぎ足なら片道8日だ。旅も三日目となったこの日、ふたりは東西を山脈で挟まれた魚沼平野を歩いた。すれ違う村人たちは、みな驚いた目でミオラを見る。そしてふたりが通り過ぎるまで、不動のままじっと見つめていた。西洋人を見るのははじめてなのだろう。

「わたしがこの地を歩く最初の西洋人ということかもしれないな」

「そうすると私が西洋人にお供する最初の日本人ということになるのかな」

「そういうことになる」

「ははは。なんだか嬉しい」

木漏れ日の田舎道を歩いていたら、すれ違った農作業のおばあさんが、丁寧にお辞儀をして話しかけてきた。

「あっちぇなぁー、おめさんたちどちらへ行かれるがー」

魚沼弁である。お千が答えた。

「はい、東京まで参りますが、今晩の宿は浅貝でと思っております」

「そいがーか（そうですか）。あと五里ほどでごっつお（ですから）、気をつけて行かんしゃいのう」

「はい、ありがとうございます」

歩き出すとミオラがお千に聞いてきた。

「お千、今のおばあさんの言葉、分かったのかい？」

「だいたいね。お座敷には魚沼の人がくることもあったし」

「わたしには分からないところがあった」

そして老農婦のふるまいについてこう話した。

「あの女性はごく普通の農民だ。でも仕草には優雅さや気品すら感じる。このすばらしさが日本人だとわたしは思う」

ふたりは稲が育つ水田と緑の風を楽しみながら歩みを進め、午後2時ころ湯沢に着いた。これからは上り坂が続く。浅貝に着いたのは夕方で、ここで一泊し、翌日三国越えすることにした。

浅貝は江戸と越後を結ぶ街道で栄えてきた宿場町だ。旅籠屋の看板がたくさん並んでいる。その中のひとつを選んだ。

しばらくすると宿の人間から聞いたのだろう。役人が訪ねてきた。通行証を見せると納得した様子だった。なにかあったらすぐ連絡するようにと言う。外国人になにかあったら彼らにとっても面倒なことになるのだ。

その夜、宿はじゃがいもを茹でたものや卵、そして鮎の塩焼きを出してくれた。魚野川でとったのだという。地酒もたくさん飲んだ。精一杯のもてなしだったのだろう。

冬場だと三国峠を越えるのは大ごとであるが、夏場なら三国街道に雪はない。翌日、無事に峠越えを果たした。分水嶺を越えたのだ。ここを境にもはや日本海に注ぐ川はない。全て太平洋に注ぐ川になる。

関東に入ってからは、沼田、前橋そして深谷、川越を通って東京へ向かった。

ふたりが泊まる宿は、江戸時代に旅籠と呼ばれていた宿泊施設が、明治に入ってもそのまま営業しているものだ。夕食、宿泊、朝食までひとまとめの料金で支払う。酒代は別だが、ゆく先々で地酒をふたりで一合ほど楽しんだ。外国人を泊める宿は、その旨を届け出なければならず、そうした面倒をかけるので少し余計に支払った。

新潟を出て10日、無事に東京に着いた。ミオラにとって4年ぶりの東京である。東京は急速に街の整備が進み、様変わりを見せていた。

到着日はちょっとした東京見物をして浅草に泊まった。

お千は雷門の前で巨大な仁王像を見上げた。浅草の境内は活気にあふれ、仲見世ではさまざまな土産物が売られている。

「これが東京か…すごい賑わいだわねえ」

のぞきからくりに芝居に大道芸人。いろいろな玩具や人形や飴を売る屋台。それらの客引きが声をかける参道を、たくさんの行楽客や地元の住民たちが行き交っている。

日が暮れても夜店の商売は続いていた。

宿で食事を終えると仲見世で買い求めた線香花火を楽しんだ。通りがかりの人たちも足を止め、短いきらめきを眺めている。

「人生もこの線香花火みたいなものかな」

団扇を使いながらお千がつぶやくとミオラが言った。

「はかない、だけどすばらしいね」

「ミオラはこれからどんなふうに生きていきたい？」

「難しい質問だね、でもたったひとつ分かっていることがある」

「それはなに？」

「精一杯生きていくということだ」

「私も…」

ふたりとも酒がまわって、うまく言えなかったが気持ちは通じ合った。

シルエットとなって月あかりに浮かぶ五重の塔がそんなふたりを見おろしていた。

翌朝ふたりは、まず本郷にある江知勝という牛鍋屋の料理を食べてみることにした。

明治8（1875）年に70軒に過ぎなかった牛鍋屋は、明治10（1877）年には550軒を数えるまでになっていた。

牛鍋屋の入り口に掲げられた旗には「牛鍋」と赤い字で書いてあった。

「赤という色は、今の時代を象徴するような勢いのある色よね」

お千は着物でも傘でも小物でも「赤」が好きだった。赤いものを身に着けると心が燃えるような気がするからだった。

店内には明治の趣のあるデザインがなされていた。二階の窓には、15センチくらいの色ガラスが装飾ではめ込んである。赤、青、緑、黄、紫、橙が使われており、これを通せば色つきの世界を見ることができ子供連れの客は喜ぶだろう。

入り口の脇では牛肉が売られている。二階への階段の踊り場には、そこにも白地に赤く「牛肉」と染めた布が貼られている。

客筋は牛鍋屋が庶民の楽しみの場所になっていることを示している。牛鍋をつついているのは談論風発に賑かな書生たち、あるいは官吏風の男連れや親子連れなどだ。

二階の衝立てで仕切られた座敷に座ると壁にメニューが張り紙されていた。そこには「牛鍋、玉子焼、さしみ、煮つけ」とあった。

銀杏返しの髪にたすき掛け、前掛けに紺の足袋をはいた女給さんが、客の注文をとったり料理を運んだりしている。

ふたりは牛鍋とさしみ、酒を二合注文した。さしみと酒はすぐ出てきた。さしみとは薄切りにした牛肉のさしみのことだった。わさび醤油をつけるか酢味噌で食べるか聞かれたが半々で食べた。

食べ終わったころに牛鍋がやってきた。鍋が備長炭の火で温まったところで脂身を鍋一面に撫でまわす。そのあと肉と葱を入れ、割下を注ぐ。しばらくしてシラタキを入れるとやがて食べごろになった。

ミオラはおいしく食べた。いい味付けだと思った。お千にとっては、振袖のころに食べたことがある鹿鍋の味だった。

流行りの牛鍋とはこのように、牛肉を使いはするが、西洋料理とは直接の関係はない肉料理なのである。

知りたいと思ったのは「割下」の中身だった。タレでもツユでもない牛鍋用の「割下」には醤油に砂糖、それに味醂《みりん》もかなり使っているとお千は思った。なにかの出汁が入っているかどうかは分からなかった。

「いい味だねえ、どんな味醂《みりん》を使っているんだい？」

お千は女給さんに聞いてみた。

「あらお客さん、それは秘密ですよ」

やはり味醂《みりん》を使っているらしい。割下はあらかじめ決められた配合でたくさんつくっておけば、途中で味が濃くなりすぎたり、薄すぎたりすることもない。

出汁は使っているのだろうか。確かめることにした。

「いい出汁だねえ」

と女給さんに言うと、

「はい、そこがうちのウリですから」

と返事があった。なにかの出汁を使っていることも分かった。

「おいしい肉だねえ、神戸かい？それとも近江とか但馬とかかい？」

だが赤い前掛けをひらひらさせて客の間を動き注文をさばく女給さんは、その問いに笑顔を返しただけで答えなかった。

勘定の15銭を支払って出た。

夜には別の西洋料理店に行き、料理を味わい、厨房の様子や客のもてなし方、さばき方の様子をうかがった。バターをふんだんに使った西洋料理の馥郁《ふくいく》たる香りは、お千には文明開化の象徴のように感じられた。

翌日の昼は神田の三河屋で食べた。大衆的な値段の店でライスカレーを食べた。

「カレーはインドの料理だ。きっとやがて日本でもみな食べるようになると思う」

「具が工夫のしどころね。大根やキャベツは合わないかも。じゃがいもとか人参とかがいいかな。茄子も合うかもしれないいな」

東京では、日に日に牛鍋屋や西洋料理店が増えていた。築地の精養軒や日新亭、茅場町の海隈亭。やがてこうした店で、トンカツやオムライスやコロッケなどの日本的な西洋料理が提供されていくようになる。

神田明神のあたりにくると霞が関のお偉方だろうか、ヒゲの男たちと新橋あたりのきれいどころを乗せた人力車が何台も連なっていた。

「絵になるね」

お千の言葉にすかさずミオラがからかった。

「お千の方がきれいだな」

「はいはい、それはありがとう」

馬に乗った紳士ともすれ違った。

客で賑わう神田岩本町の古着市場では、弾んだ声のやり取りが売り手と買い手で交わされていた。しばしお千が足を止め品定めを楽しんだ。

夜は昨日とは別の牛鍋屋にした。

「確かにこの店もおいしい。だけど負けない味をつくるのは可能だ」

「東京まできたかいがあったね」

さらにお千は牛鍋を食べながらこんな話をした。

「衣服一代、家居二代、飲食三代という言葉があるの」

「それはどういう意味だい？」

「人間が慣れ親しんでいるものの中で、食は親、子、孫と三代経たないと変わらないという意味。それほど食べるものに関して人は保守的だということ。でもね、東京では新しい料理を心から楽しんでいるのを見ることができたわ。だから食に関して人は保守的だなんて嘘だと思った」

東京の人間は田舎者よりも新しがり屋だろう。しかしそれを差っ引いてもお千の言う通りだとミオラも思った。

「イタリア人のわたしも日本の食べ物が大好きになった。そのとおりかもしれないね」

２６０年にも及んだ江戸時代、天下泰平だが変化のない時代が終わって10年あまり。明治という新時代の到来を東京の人々はむしろドライに歓迎し、「文明開化の音がする」とたくましく変化を受け入れている。そしてそれは食において、まず顕著に表れていた。

新潟の人たちも、いい料理を提供すればきっと好きになってくれる。

お千が注いでくれる酒がひときわうまい夜だった。

日本橋の店を出てから浅草橋へ抜けて、隅田川沿いの道をさかのぼって浅草を目指した。

お千はこんなふうに東京をふたりで歩けることが嬉しかった。

そんな思いが通じたのか、ミオラがこんなことを話してきた。

「ヨーロッパでは、新婚夫婦の旅行をハネムーンというんだ」

「この旅は私とミオラのハネムーンね」

「そうだね。すばらしい旅だ」

翌日は銀座を通って新橋まで歩き、そこから鉄道に乗って横浜へ行くことにした。

明治５（１８７２）年に起きた大火で４，８００戸が焼けた東京では、銀座を防火のモデル地区として整備してきた。焼け跡は全て国が買い上げ整地し、道路は拡張され道の両側に歩道が設けられ、桜などの街路樹も植えられた。

近代化を象徴する銀座煉瓦街は去年完成し、今では東京の名物となっている。

煉瓦通りには、円柱が2階のバルコニーを支え、窓が外開きのヨーロッパ風の整然とした洋館が並ぶ。車道には人力車や乗合馬車が行き交い、歩道ではロング・ドレスに蝙蝠傘《こうもりがさ》を持った婦人が、燕尾服にシルクハットの紳士と腕を組んで歩いている。

「まるでヨーロッパの街のようだ」

「新潟もやがてこうなるのかしら」

銀座を抜け新橋駅に着いた。新橋駅は二階建てのレンガ造りで、駅前には人力車がたくさん並んで客待ちをしていた。

新橋と横浜間の鉄道が開通したのは明治5（1872）年。大阪と神戸間も明治7年に、そして大阪と京都間も明治10年に開通しており、交通機関においても文明開化が進んでいる。

客室は上中下の3等があったが、「下」の切符を買い横浜に向かった。同乗者はシルクハットをかぶりステッキを持った洋服の男性や西洋人などだ。向かうは数年間ミオラが暮らしていた街である。

煙を吐いて走る蒸気機関車を人々は陸蒸気と呼んでいた。その汽笛はまさに文明開化を告げる音だ。

わずか50数分で着いた横浜駅は、赤レンガ造りで二階建ての棟をふたつ持つ。入り口は三角屋根のファザードのハイカラな駅舎だ。

港へ向かってしばらく歩くと日本大通りへ出た。明治３（１８７０）年に完成した、歩道と植樹帯を含んで36メートルの幅を持つ日本初の西洋式街路である。

その道を通り過ぎると波止場だった。

「これが太平洋…この向こうにはアメリカがあるのね」

「ずーっと向こうにね。今とても勢いのある国だ。イタリア人もたくさん移住している」

横浜は税関を中心に、まず東側に日本人町、そして西側に外国人居留地の山下（関内）居留地が整備された。さらにその奥に中華街、西側の高台に山手居留地がある。

外国人居留地のメインストリートを歩いた。食料品店や雑貨店をはじめ服飾、文具、理髪店そしてレストランが軒を連ねている。

レンガ造りの建物が多く、煙草をくわえた西洋人とすれ違うと紫煙の香りがした。外国人は全てが、そして日本人もほとんどが洋服を着ている。お千はまだ見ぬ異国の街を歩いているような気がした。きっと今の日本で、横浜ほどきらきらと輝いている街はどこにもないだろう。

開港場とはすなわち外国人に港と町を開く場所のことである。その外国人居留地では、欧米人が自国の生活を持ち込み、欧米の地方都市に似た町がつくられた。まだ江戸の風情を強く残す東京よりもずっと西洋的な街だ。

横浜は長く国を閉ざしていた日本の人たちにとって西洋文化の陳列場となり、日本人は衣食住をはじめ娯楽、スポーツなどの分野における彼らの文化を貪欲に吸収した。

慶応元（1865）年にはホテルが提供したアイスクリームやシャーベットが話題になり、同じ年にはドイツ人によるビアホールも開かれた。3、4年前にはアメリカ人が経営するパン屋が店を開いている。

ビリヤードやバーなどの施設もあるホテルでは、氷がカクテルなどに利用されていた。音楽会やマジックショーも行われている。

外国船の寄港地であることから、居留外国人に加え船員たちの肉やパンの需要も多かった。遠洋航海の際には乾燥肉や塩漬け肉が満載されるが、船員は新鮮な肉に飢えた状態で日本に着くのである。生きた牛や羊を乗せることができるのは大きな船だけだった。

すでに1860年代初頭には横浜において食肉業がはじまっている。

レストランとしては文久2（1862）年12月にアメリカ人が「ゴールデン・ゲート・レストラン」を開業し、それ以降も崎陽亭、開陽亭、味洋亭、日盛楼と続々と開店した。それらの店ではカレーライスやコロッケが人気で、横浜では日本人社会にも洋食が広まっていた。

ミオラが横浜まで足を延ばしたのは、こうした洋食店のひとつで働くある調理人に会うことが目的だった。お昼はその調理人、長谷川の働く店で食べた。食事を終えるころ、調理の手が空いた長谷川がテーブルまでやってきた。

「ミオラさん、横浜へようこそ。私が長谷川です」

「はじめまして。わたしがミオラ、そして妻のお千です」

紹介されたお千はほほ笑んで頭を下げた。

「長谷川さん、手紙でお願いした件、いずれ正式にお願いすることになると思います。そのときにはいいお返事をお願いしますね」

「まだお約束はできませんが、そのときにしっかりと考えてみます」

厨房へ長谷川が下がると、お千が聞いた。

「あの人が、手紙を送った長谷川さんね」

「そうだよ。イタリア人の友人アレッサンドロが紹介してくれた調理人だ。お千に代筆してもらった手紙を出した相手だ」

お千は頼まれた代筆で、腕のいい日本人の調理人として長谷川を雇いたいという、ミオラの意向を知っている。

今、日本の先端をいく西洋料理の地はこの横浜なのだ。長谷川が働く店で食べた料理は申し分なかった。そして真っ直ぐな性格を映す顔立ちに好感が持てた。夜の準備や仕込みに忙しそうな長谷川と長く話すことはできなかったが、お互いに顔を見せあう機会を持てたことは収穫だった。

長谷川が働く店を出たふたりは外国人居留地を歩いた。

欧米人の居留区には、広い庭に囲まれベランダのついた様式の家が並んでいる。街の端には金色の十字架のついた塔を持つ教会があった。シンガポールなどで見られるような街が横浜にもつくられつつあるのだ。

しばらく行くと、ビール販売の馬車からビールを買い求めている将兵や外国人がいた。山手居留地にあるビール醸造所「スプリング・バレー・ブルワリー」のビールであった。ミオラも瓶ビールを一本買った。まずお千に飲ませた。

「苦いっ！こんな味が外国人には受けるの？」

「大人の味だ。慣れたら毎晩でも飲みたくなる」

「わたしたちの店でも出せるようになるといいね」

さらにしばらく行くと売り子の声がした。

「ブッカキ氷！ブッカキ氷だよ！」

数年前から横浜の夏の風物詩となっている氷売りだった。函館で切り出した氷を船で運ぶ。夏の氷は珍しがられ大盛況だった。氷の塊を白い布で包んで木槌で打ち砕き、それをコップに入れ水を注ぐのである。

「これもうちの店で出せるといいね！」

「そうだな、きっと人気になるな」

氷水を飲みながらまた歩き出した。

外国人居留地にあるミオラの友人、蚕種商人のアレッサンドロの住まいへと向かった。

「やあミオラ、久しぶりだな。怪我をしたって聞いたが、元気そうだな」

「いい医者に診てもらったこともあって、あとを引かずに済んだ」

「それはよかった」

「これがわたしの妻、お千だ」

「おーはじめまして。きれいな人だな」

「お千です。ミオラがいつもありがとうございます」

「アレッサンドロ、商売はどうだ？」

「蚕の奪い合いで厳しくなっているよ。日本詣では欠かせない。今年も秋まで滞在するつもりだ。俺もそれまでに日本で誰かいい人を見つけたいな。ミオラを見習って」

「ははは。見つかるといいな」

「ミオラ、レストランをはじめるんだって」

「そうだ。新潟でがんばってみる」

横浜におけるイタリア人は英仏などに比べ少なかった。イタリアの蚕種商人は、蚕卵紙が売られる時期の7月から9月にかけて来日する。彼らの日本での滞在期間は長くて4か月程度だったが、その多くは数年間に渡り何度も日本への旅を繰り返している。

日本で生産される蚕種と生糸、それにその関連製品の一番の輸出先はイタリアで、そのほとんどがロンバルディア州の企業向けだった。

3人はしばし懇談し、コーヒーとクッキーをごちそうになって別れた。

ふたりは山下町から元町へと入った。前田橋へとさしかかると、この橋の上から見る崖に急な傾斜の石段があった。地元の人が百段と呼ぶ階段だ。階段を上ると港が一望できた。

港には軍艦や商船など多くの船が停泊しあるいはゆっくりと進んでいた。そのほとんどが外輪船やスクリュー船だが、帆船も何隻かあった。日本の貿易港としての使命は、すでに大半が長崎から横浜に移っており、外国商館も集中している。

横浜の街を見おろしながらミオラは言った。

「唐人町へ行って中華料理を食べよう」

「へえー、私、中国の料理ははじめてよ」

「お千に中華の味を経験してほしい」

横浜の中国人の街は唐人町と呼ばれている。中華料理を堪能したあと、暮れなずむ港の絵を楽しみながら歩いた。

帰途、海岸通りを歩いていると横浜で最高の格式を誇るグランドホテルが目に入った。すでに日は落ち、輝く燈火がまばゆかった。百室の客室があり、ダンスホールで毎夜パーティーが開かれるというその建物はまるで宮殿のようだった。

ホテルで一泊し、翌日、また汽車に乗って新橋に戻った。

「銀座の木村屋のアンパンが評判だって宿の女将が言ってたわよ」

「それを買って帰ろう」

そのアンパンは、明治7（1874）年に発売され、主食としてそしておやつとして洋風な味わいが人気になったパンだった。天皇陛下がことのほかお気に入りだという。真ん中に浅いくぼみがあり、そこへ塩漬けの桜の花がのっている。この花漬の塩味が餡の甘みと絶妙に調和しているのだ。

3つ買い求めた。宿で女将にひとつあげて、残りのふたつをふたりで食べた。パンと餡。確かによく合う。でもお千は思った。

「餡はパンにも餅にも合うけど、ご飯にだけは合わないのよね」

「パンも店で出そう。いい材料が手に入るといいな。竹山先生も、パンもメニューに加えたらいいとすすめてくれている」

ミオラがそんな話をしているうちに、お千のまぶたは疲れでとじてしまった。


翌朝、6日目の朝に帰途に就いた。

浅草から上野へそして湯島聖堂、神田明神の前を通り、皇居を経由して九段坂へさしかかると、西の方向に富士山がくっきり見えた。

坂を上りきって振り返ってみた。ずっと神田の街まで見渡せた。道の両脇には二階建て

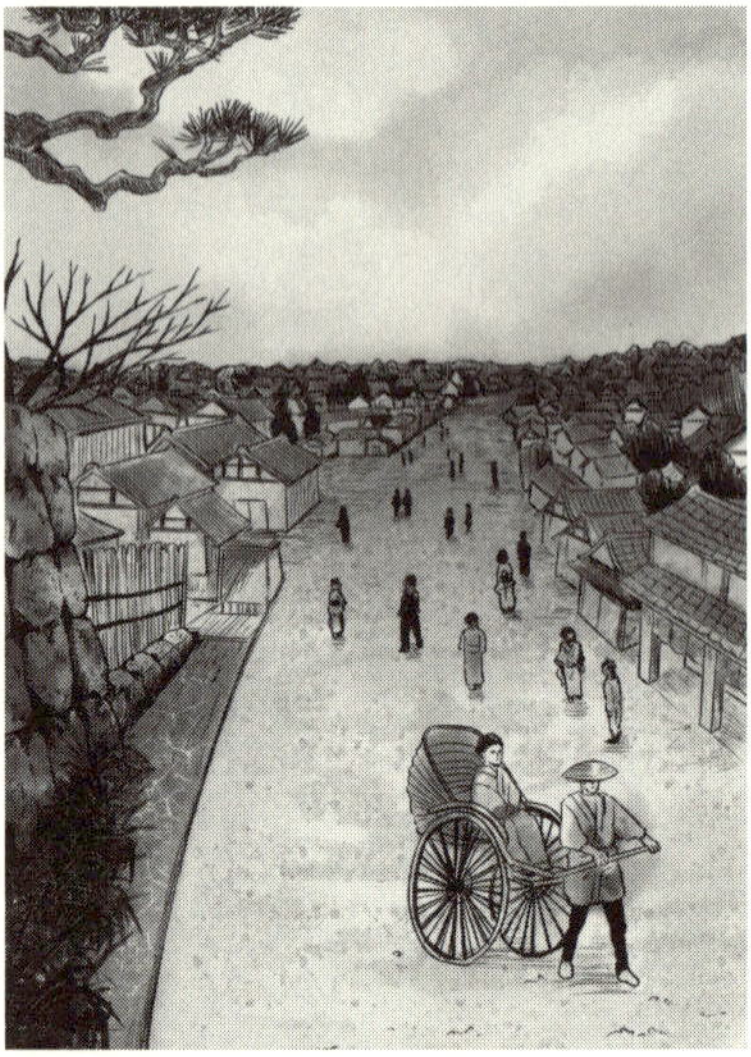

の木造の店が並び、まだ江戸の風情そのままだった。そんな通りを、これは明治の乗物である人力車が、こちらへ向かって走ってくる。ふたりの脇を通ってはるか彼方に見える富士山の方向へと走っていった。

「土産はなにを買おうかな？」

お千がつぶやいた。

「土産はどんなものが普通なんだい？」

「そうねえ、女の人にはかんざしとか。あと誰でも喜んでくれるのは、鉛筆とか、役者絵とかコップとか」

ふたりは九段の土産屋でかんざしと子供用の玩具などを従業員への土産として買った。

九段坂から招魂社（この翌年、靖国神社と改称される）へ行って参拝した。戊辰戦争で亡くなった兵士たちの魂をなぐさめるために建てられた神社である。

「スリエ曲馬団にいたとき、この神社の境内で公演した。あれから日本はだいぶ変わった。わたしの人生も変わった」

神社に手を合わせ終わるとお千が言った。

「いい旅だったね。古い日本と新しい日本が交錯してるって言うのか、そんな姿を見た気がするな」

「そうだ。そしてきっとこの先に発展した日本がある」

「そのときまでふたりで手を取り合って生きていければ幸せね…」

自分が思ったことをお千が言ってくれた。そうミオラは思った。

「今度くるときには東京も横浜も、もっと変わっているだろう」

思い出を胸に抱いて、ふたりは新潟への帰途に就いた。


7月半ばに新潟に戻ると、梅雨は終わっていた。

月末にオープンする料理店で出すメニューを考えねばならない。

東京で入った西洋料理店でも、ナイフとフォークの使い方が分からない客も少なからずいた。東京でさえそうである。まして新潟では、気を遣わずに食べることのできる料理を提供すべきだというのがミオラの考えだった。おのずとその答えは「牛鍋」になった。

東京で入った店の牛鍋は醤油味だった。新潟で用いるべき調味料はなにか。雪が深く作物を収穫できない期間が長い新潟では、食糧保存のひとつの手法として発酵食品が育まれてきた。味噌もそのひとつで、質のいい味噌がいくらでも入手できる。

「味噌味はどうかしら？でも醤油の香りと味も捨てがたいわ。両方を出すことにしたらどうかしら？」

「いいね、味噌と醤油。両建てでいこう」

東京の牛鍋屋では醤油味が主流だったが、あえて味噌味も加えることにした。

地元の味噌や醤油を用いることに決めた。

「牛肉は噛み応えがないと食べた気がしないものだ。厚く切ることにしよう」

肉は薄切りでなくブロック肉を厚く切って使うことにした。東京で食べたものよりかなり厚めである。一緒に鍋に入れる野菜は白葱と椎茸、白菜だ。ドジョウ鍋だと牛蒡がつきものだったが、悩んだ末入れないことにした。

こうして試作した牛鍋は上々の出来栄えだった。

客の好みで卵も添えることにした。

楠本が去ったあともミオラの志や人柄を買ってくれる人たちが、店の開店に力を貸してくれた。ミオラの洋食を新潟の名物にしたい、そんな思いを持つ支援者たちであり、明治という新たな時代に相応しい前向きな生き方だとミオラを評価してくれる人たちだった。

ちなみにイギリス人旅行家のイザベラ・バードが新潟を訪れたのは、ちょうどミオラが西洋料理店を開いたこのころである。

バードが「美しい繁華な都市」と評し、「旧市街地は、これまで見た町の中では最も整然とし、最も清潔で、見た目にも最高に心地よい」と絶賛した街は、ミオラの料理店の誕生とまさにときを同じくする新潟だった。

人々に情報が回るのが早い港町である。牛鍋がハイカラな西洋風の味覚と滋養を持っていることが浸透するのは早かった。

季節が移り秋の深まりにつれ牛鍋人気は高まり、牛を5日で1頭さばけるくらいの商売になった。佐渡で顔をつないだ牛飼いの集落に交渉して、月に6頭の仕入れを行うことにした。

お千は女給たちを指揮し、勘定場にも立った。

料理店と肉の販売に加え牛乳配達もはじめた。牛乳による滋養効果を楠本や竹山が推奨していたこともあって評判となった。竹山の病院が滋養のためと牛乳を購入してくれ、そのことも客を増やすのにいいPRの効果をもたらした。

また「出前」という日本的なサービスにも力を入れた。家々に配ったチラシと新聞に出した広告である。

肉の鮮やかなると、価の廉なるをもっぱらとし、かつ諸方への仕出しをかね…

ミオラの料理店はこうしてはじまったのである。

沈滞気味だった新潟港であるが、料理店がオープンしたこの明治11（1878）年は突然の活況を呈した。中国北部の大飢饉で大量の米が新潟港から輸出されたのだ。この年は16隻の外国船が訪れており、新潟港の貿易がひとつのピークに達した年だった。ミオラの料理店にも船員や商人らがたくさんやってきてくれた。


気がつけば紅葉の季節になっていた。

「もうすぐ信濃川に鮭がのぼってくるね」

「市場で買って、さしみや塩焼きにして店で出そう」

秋はミオラが一番好きな日本の季節だ。

空は澄み、青く高く、樹々は深紅と黄金に染まり日々美しくなっていく。

秋の草、露、虫の音、そしてすすきや団子を飾って月見。これらに日本人が感じるという秋のあわれ。

日本の秋にまさる秋が果たして世界のどこかにあるだろうか…

料理店を開いてはじめての秋であることがより味わい深いものにしていたのかもしれない。

そんな秋の夜、窓を開けて月を眺めていると空から鳴き声が降りてきた。

―クォーッ、クォーッ―

「あ、白鳥がきたんだよ」

「どこからくる？」

お千もよく分かっていなかったが、ずっと遠く北の方からだと思うと答えた。

ねぐらを目指す白鳥の隊列が月のそばを飛んでいた。新潟の近郊には大きな湖がいくつかあり、昼間田んぼの落ち穂をついばんだ白鳥は夜をそこで過ごすのである。

西堀では冬支度に戸や障子を洗う姿が見られるようになった。

洗うたびにユラユラと広がる水の波紋が、堀に映った柳や橋を揺らす。

11月の後半になると木枯らし一号が吹き、空はどんよりと鉛色になった。はらはらと冷たいしぐれやみぞれが降って樹々は葉を落とす。そして初雪が降った。

鉛色の空の下で、民家の台所では「塩引カギ」が鮭を吊るす。鮭の塩引きは新潟の年越しに欠かせない料理だ。

そして近郷から炭や大根を売りにくる舟が堀を往来するころには、もう師走も残り少ないのである。

「もう今年も終わりね」

「いろんなことがあった」

「来年もたくさんお客がくるといいな。年が明けたら初詣よ」

「愛宕神社に行こう」

「神様と明和義人に商売繁盛を祈りましょう」

「そうだ、そう言えばセイショウナゴンが冬についてなんと言っているかまだ聞いていなかったな」

「そうだったわね。清少納言は枕草子で、冬はつとめてと言っているわ」

「つとめて?」

「つとめてというのは早朝のことよ。雪の降るくらい寒い朝が最高だと。急いで炭に火を起こすときに冬のよさを感じるんだって」

「ほう。セイショウナゴンが好きな春や夏や秋の話はなんとなく分かったけれど、冬の話はよく分からない。寒い朝は好きじゃないな」

「ミオラ、実は私もよく理解できていないの」

「なんだ、そうか。ははは」

「ふふっ。京の貴族の雅な世界の謎というところね」

夜になって降りはじめた雪はやむ気配を見せない。

「きっと白いお正月になるわ」

静けさの中で除夜の鐘の音がひとつまたひとつと鳴っている。

こうしてこの年も街は静かに暮れていった。

年があけて明治12（１８７９）年の正月７日、県庁が主だった在新潟外国人を招き、庁内で新年の宴を設けた。

招かれたのは、新潟医学校の医学教師でフランス人のフォック、官立新潟学校の英語教師でイギリス人のランバート、ドイツ商人ライスナーの３人だ。そこに県の役人が接待役で参加する。

この宴の料理を任されたのが老舗の料亭とミオラの料理店だった。

この月には、新潟で初の本格的な会社組織「新潟会社」が生まれた。主なメンバーは、鈴木長八、鍵冨三作ら地元の豪商や大地主だ。主要メンバーのひとりで、小千谷の商人である西脇悌次郎は、新潟新聞の紙上でこのように設立の趣旨を述べている。

「昨年新潟から輸出された米百万俵のうち半分は外国商人によるものだ。彼らの得た巨利は本来新潟の商人の手に帰すべきものであった」

６月には「新潟倶楽部」という経済人の組織が結成された。やがて明治29（１８９６）年に生まれる新潟商工会議所の前身である。

またこの年には、三菱と三井資本が新潟に進出しそれぞれ新潟支社を持っている。

こうして新潟に財界が生まれ、財界人たちはその社交の場として、接待の場として、そして自らの楽しみの場として、ミオラの西洋料理店、そしてやがて誕生するイタリア軒を利用する客となるのである。

そうした経済人に加え、役人や教師、医者などの名士たち、さらにお千が振袖のころになじみだった旦那衆、そして勤め人や余裕のある農家も家族連れで利用してくれるようになった。


7月も半ばを過ぎた暑い日、ふたりが街を歩いていると、一軒の家に「コレラアリ」の大きな張り紙がしてあった。

「なんだろう?」

「この家からコレラが出たんだって。下駄屋の留吉さんの女房のおときさんよ。なきながらはすぐ焼かれたそうよ。コレラにかかると吐き気と下痢が襲ってきて、3日ともたないって聞いたわ」

この年、明治12(1879)年は、夏から秋にかけてコレラが大発生した。

やがて町中に石炭酸が散布されるようになり、どこに行ってもそのニオイが鼻についた。

伝染防止で野菜や魚の販売は禁止された。7月25日にフグ、タコ、小エビ、生イカの5種類の魚が販売禁止となった。７月31日には青梅、スモモ、桃、林檎、ウリ、西瓜、きゅうり、昆布巻、天ぷら、アラメが全て販売禁止となった。

人々は梅干しに味噌漬けに味噌汁のみという粗食を強いられた。学校も臨時休校が続いた。ミオラの店も休業にせざるをえなかった。火葬場の煙が夜も昼も絶えなかった。

「毒を撒いているやつがいる」などという噂すら飛び交う事態になった。

こうした事態を見たミオラは８月に入ったある日、お千にある思いを相談した。

「店で焼き肉の弁当をつくってただで提供したいんだ」

「でも、なんでもかんでも販売禁止になっているよ」

「この前お役所に行って相談したら、肉は販売禁止対象ではないので、焼き肉の弁当を提供するのは可能だということだった」

「どうやって配るの？」

「店の前に積んで受け取ってもらう」

「肉は十分にあるの？」

「塩漬けのものがたくさんある。仕入れたのはコレラの起きるずっと前だから心配ない。米も同じだ。そこを役人に十分に説明して了解をいただいた。どのみちコレラでお客さんは店にこれない。こういうときに皆さんに恩返ししたい」

「みんなきっと喜んでくれるね」

翌日から3日間、店の前に焼き肉弁当を並べ、無償で提供した。

街は食料を入手できない人で騒然となり、不穏な空気も漂っていた。そんな中で安全に食べることができるものをただで提供することは、治安の維持につながる。県庁の許可が出たのはそこにも理由があった。

弁当の配布がはじまると、受け取りにくる人たちに丁寧にミオラが「いつもありがとうございます」とお礼を言って手渡した。

「お礼を言うのは私たちですよ」

恐縮する人たちにミオラが言った。

「いつも皆さんにお世話になっているからそのお礼です」

肉のおいしさを知ってもらえれば、商売にプラスになる。そんな計算もあったが、恩返しの気持ちに嘘はなかった。

コレラは3,300人の犠牲者を出して、10月になってようやくおさまった。

しかし翌年もまた、新潟を大きな災難が襲うのである。

第7章

イタリア軒誕生

普段なら街も寝静まっている午前1時過ぎ、半鐘の音が遠くで聞こえた気がした。

お千もミオラも耳をこらした。確かに聞こえる。

外へ飛び出すと、中心部の方向が明るくなっていた。

「お千、聞こえないか?」

「火事だ!」

ミオラが叫んだ。

「店の方角が燃えている。大丈夫だろうか。店を見に行ってくる」

「だめよ、ミオラ。それは危ない」

「だってお千とわたしの大切な店じゃないか!」

「店よりミオラの身体が大事だよ」

西洋料理店の開店から2年経った明治13(1880)年8月7日、新潟を未曽有の大火が襲った。この火災がきっかけとなり、「イタリア軒」の名を持つ西洋料理店が新潟に誕生するのである。

近くの住民も次々に家を出てきた。荷物を大八車に積み出す人もいた。

家々や商店を焼く火が次第に範囲を広げているのがはっきりと分かる。

ミオラは家に置いてある大事な書類や品を風呂敷にまとめた。

間もなく夜も明けるころ、ついにミオラとお千の家も危なくなってきた。ふたりは風呂敷を背負って松林に逃げ込んだ。多くの人が同じように逃げてきていた。

午前1時に上大川前通で出火した火事は、16時間燃え続けて午後5時にようやく鎮火した。当時の戸数1万戸余りのうち半分以上を焼いた。

焼失した建物の中には警察署や監獄署、郵便局や小学校などの公立の建物もあった。第四国立銀行や米商会所、物産会社なども軒並み被害にあった。

この火事によって、街の中心部からはるか浜手の日和山までさえぎる建物がなくなり、見通すことができるようになったほどの大火だった。

ミオラの店は焼失してしまった。そして家も。

夕方、焼け跡となった店の前に立ち尽くすミオラにお千が寄り添った。

「お千、全部焼けてしまった…」

「ミオラ、あなたと私がこうしているわよ。出直せばいい」

意気消沈したようにミオラがつぶやいた。

「せっかくうまくいっていたのに…料理店をつくるためにした借金だってまだ返し切れていない」

それからミオラは呆然と日々を過ごすようになった。

1週間ほど経ったころ、たまりかねたようにお千が大きな声で言った。

「ミオラの弱虫！いつまでそうやって下を向いているの。あなたは、精一杯生きるんだと、それが生きることだとわたしに教えてくれたじゃないの！」

お千は自分の心に響いたミオラの言葉が、どこかへ飛んでいったように感じて悲しかった。


イタリア軒の創始者となったミオラは、1839年にイタリアのトレンティーノ地方のプリミエーロで生まれた。

イタリアには西ローマ帝国の滅亡以降、統一国家が存在せずいくつかの国に分かれていた。北イタリアが統一されイタリア王国が誕生したのは1861年、ミオラが24歳のときだった。日本が明治維新によって近代国家を樹立する7年前のことである。

のちに世界中にファンを持つようになるイタリア料理だが、明治のころイタリアにおいて食をめぐる状況はどのようなものだったか。

イタリアでは、19世紀前半にトマトが万能のソースの材料として定着した。このソースは高級料理にも庶民の料理にも使われた。肉料理に添えられることもあれば、マカロニの味つけにも使われた。酸味が利き、長く保存しても味が変わらないところが好まれた。そして同じころヨーロッパ諸国に先んじて牛肉を使うようになっていた。

イタリア料理には、長い分裂がもたらした料理の多様な地域性がある。各都市で、そして各農村でそれぞれの独自性が形成された。料理名にも「ミラノ風」リゾット、「フィレンツェ風」ステーキ、「ナポリ風」ピッツァと地名がついているものが多いのはその現れである。

イタリアから海外への移民がはじまったのは1860年代だった。最大の移民先はアメリカで、フランスやアルゼンチンが続く。ミオラが来港した明治7（1874）年は、すでに多くのイタリア移民が世界中に広がりはじめている時期だった。

こうした移民たちは移住先で故郷の食を再現すると共に、その地の食材を使って新たな食を創造していった。イタリア料理はこのような経緯を経て、世界各地の事情に合わせて変化しグローバルな料理になっていった歴史を持つ。

スリエ曲馬団のコックとして36歳で新潟にきたミオラは、42歳になっていた。

店舗の焼失に肩を落としたミオラであったが、思いがけないほど多くの励ましと再建を望む声があった。

古町の焼け跡が続く通りを歩いていると、顔見知りの雑貨屋が後片付けに精を出していた。ミオラが声をかけた。

「大変でしたね」

「おや、ミオラさん。あなたのところもやられちゃったんでしたね」

「はい。全部焼けてしまいました」

「ミオラさんの店はやめちゃだめですよ。贔屓がたくさんいるんですから」

「はい、ありがとうございます」

あの料理をこれからも食べたい、という声や、くじけちゃだめだという声がミオラの耳に入ってきた。

すでに料理店を立ち上げて2年が経ち、ミオラの店には常連ができている。おいしいと料理を評価し、ミオラの人柄に好意を持った人たちである。その中に、再建に協力しようと言ってくれる人たちがいた。

再建の資金を貸してあげようという経済人たちも名乗り出てくれた。無理のない範囲で返していってくれればいいという。

ある日、竹山に言われた。

「ミオラの店は新潟の要人たちがその存在価値を認めている。いっそこの機会に、これまでよりもっと料理の内容に相応しい店構えで再建したらどうだ」

お千に竹山の言葉を伝えた。

「明治の新潟を飾るレストランにするようがんばろう！メニューも東京の洋食店のように増やしたらいいんじゃないかしら」

家や店を同じように焼かれてしまった人たちは、後片付けに精を出している。そして顔を合わせると励ましあっている。ミオラにも声がけしてくれる。

そして早くもあちこちで店や家の再建がはじまっていた。

そうした街の様子を見て歩きながら、お千に言った。

「お千、おまえの言う通りだ。一体わたしはどこへ行こうとしていたのだろう。よし！明日から出直そう。ついてきてくれるな」

お千は、ミオラの顔を見てうなずいた。

嬉しそうに。


ミオラは新しい料理店の建設と準備に取り組んでいくことにした。

ようやく長い冬が終わろうとしていたころ、一通の手紙が届いた。

「お千、読んでくれないか」

「横浜の長谷川さんからよ。あ、調理人として新潟にきてくれるって！」

「そうか！」

新しい店で提供する新しいメニューをつくるために雇うことにしたのが、横浜の洋食店で腕をふるっていた長谷川だった。ミオラの誠意あるオファーに応えてくれたのである。

長谷川とミオラは助けあって新メニューの開発にあたっていくことになる。

明治14（1881）年の春、桜が花筏になって西堀を流れはじめたころ長谷川は新潟にやってきた。

「長谷川さん、決心してくれてありがとう！」

「ミオラさん、新潟の賑わいは思っていた以上ですね」

ふたりがまず取り組んだのは、その後もずっとイタリア軒のコックに伝えられていくことになる「デミグラスソース」の原型といえる「ソース・エスパニョール」づくりだった。

ソース・エスパニョール、つまりエスパニョーロ（スペイン風）ソースという意味だ。

ソースという名前はついているが、そのまま使うよりも煮込み料理のベースに使うことが多い。昭和になると一般的に広く使われるようになる「デミグラスソース」は、このソース・エスパニョールから派生したものだ。

「ソース・エスパニョール」は、牛のスジ、骨を煮込み出汁をとって、野菜などを加え煮込んでつくるソースだ。

ミオラにとっては懐かしくてたまらない、日本にきてからしばしば「食べたくて夢にまで見た」味である。いつかはこの故郷の味をつくり出し、自分がおもいきり食べたい…それは肉屋と牛鍋屋をはじめるひとつのモチベーションでもあった。

そのソース・エスパニョールのベースになるのがフォン・ド・ヴォーである。

フォン・ド・ヴォーとは、仔牛の骨や肉を香味野菜と一緒に煮込んだ出汁のようなものだ。フランス語でフォンは「土台」、ヴォーは「仔牛」の意味である。スープやソースのベースにし、料理のコクを出すために使う。

フォン・ド・ヴォーは、仔牛の骨付き肉やスジ肉を焼き色が付くまで炒めるか焼いてから水を加えて弱火でゆっくり煮込み、玉ねぎなどの香味野菜と香辛料、トマトを加えて、鍋で煮込んでつくる。

当時は「赤茄子」と呼ばれていたトマトは調理に不可欠だが、輸入品の集まる横浜から仕入れることができた。

そのフォン・ド・ヴォーを用いてソース・エスパニョールをつくる。牛スジやクズ肉にマッシュルームやトマトを用いてつくるソースである。フォン・ド・ヴォーに牛すね、トマトや香味野菜などを加えて煮込んで濾して、また加えて煮込んで濾して…というのを数日がかりでやる。最後にトマトソースを加えさらに煮詰める。

「これだ！この濃厚で重い味わい。立派なソースができた」

牛肉と赤ワインの深い味わいが出せたとふたりとも満足だった。

のちのデミグラスソースの原型になったこのソース・エスパニョールを、イタリア軒ではビーフシチューをはじめ、肉や野菜の煮込みなどの料理に活用していくことになった。

そして素朴なパスタもつくった。小麦粉を練って生地をそのままお湯に入れソース・エスパニョールをかけると、最もシンプルなパスタができる。こちらもメニューとして出せる目途がついた。

西洋料理につきもののスープもほしかった。西洋料理にスープは欠かせない。日本人にとっての味噌汁にあたるメニューである。なにかいい素材はないか探した。お千がすばらしいアイデアを出した。

「枝豆を使ったらどうかしら？」

新潟でも大豆は常食されている。枝豆とは、完熟する前の若い大豆を収穫したものだ。タンパク質やビタミンもある優れた食材だ。枝豆を裏濾しするとすばらしいスープができた。

ミオラが長谷川と意見を異にしたのが肉の扱いだった。長谷川はミオラが出していた牛肉が硬すぎると指摘したのである。イタリア人であるミオラが好きなのは、しっかりと噛み応えのある硬めの牛肉だった。確かに肉を食べている実感を得るにはそれが最もよかった。

対して長谷川は、それは日本人には合わないと意見した。

「ではどうすればいいのか？」

ミオラの問いに長谷川が答えた。

「熟成させてから出せばいい。イタリア軒には雪室もつくる。しっかり温度管理、湿度管理をすればほどよく熟成させることができて、柔らかくなるはずだ。」

これに強い口調でミオラが反論した。

「肉料理は柔らかくすればいいというものではない！我々ヨーロッパの人間には、肉を食べてきた長い歴史がある。肉をよく知っているのだ」

しかし長谷川は引かなかった。

「確かに日本人は肉を食べ慣れていない。ならば慣れない人たちが抵抗なく食することができるように柔らかくすべきだ。大きめに肉を切れば、食べ応えだって十分にある料理になる」

長谷川が熟成させた牛肉で試作した牛鍋やステーキを、おなじみの客たちに食べてもらったところ大好評だった。

ミオラは長谷川の案を採用することにした。

「長谷川さん、これからもどんどん思ったことを言ってほしい」

「はい、遠慮はしませんよ」

ふたりは大声で笑いあった。

ミオラはいい人材を得ることができたと思った。

さらにボロネーゼ風のパスタを試作的に提供することにした。ミオラの故郷に古くから伝わる定番の家庭料理である。パスタの材料は、小麦と水さえあればなんとかなる。

ボロネーゼの材料は牛肉、トマト、小麦粉をベースに、あとは茄子や玉ねぎ、人参、ニンニクなどの野菜である。

まずは野菜を炒める。次に合い挽きの牛肉に色がつくまで焼く。ひっくり返して焼き、キツネ色になったらそれをほぐしながら、炒めておいた野菜と混ぜ合わせていく。さらに多めの赤ワインとトマトを入れて2時間ほど煮るのである。

試作したところ、こちらも上出来だった。

「イタリアの味だ！」

ミオラは試作のボロネーゼに満足した。

試食してもらった関係者からも好評を得た。

イタリア人として日本ではじめて開いた西洋料理店であるイタリア軒は、日本でボロネーゼ風のミートソースを提供するレストランのはしりとなる。

ミオラが採用した手間を惜しまないつくり方は、明治の終わりにメニューに加えられたデミグラスソースのレシピと共に、ずっとのちの時代まで、イタリア軒の味として代々のコックに伝えられていく。


大火の翌年、明治14（1881）年、新潟証券取引所の前身である「米商会所」跡地の西堀通7に、ステンドグラスやシャンデリアで飾られた三階建ての洋館が完成した。

1階はホールでビリヤード場を持つ。

2階は全てレストランだ。道路側は10メートル四方の正方形のスペースで、通常は客に

初代イタリア軒
（株式会社 イタリア軒提供）

料理を提供する食堂として使い、利用者のオーダーがあれば集会所としても使う。裏側には、細長い部屋に１００人分の食卓が常設されている。

建物内部には何点かの絵画と時計やランプ、ピアノ、さらにギヤマンガラスの製品が飾られた。窓ガラスには赤や青、橙色などの色ガラスも使われ、このガラス越しに眺めた西堀と通りは文明開化の街らしい雰囲気を醸し出している。

また地下には雪室が設置された。断熱された地下室に冬のうちに天然の雪を運び込み、野菜や肉を保存するのである。その雪室の一部を使ってアイスクリンも出す予定だ。材料となる卵と牛乳と砂糖は入手できる。

政界や財界人たちの社交の場となるに

相応しいものになったとミオラには思えた。

東京では明治16（1883）年に鹿鳴館がつくられ、外国の外交官相手の接客の場となったが、新潟でそれより一足早くその役割を果たすことになるのがこの料理店である。

そして家族連れにとっての、また仲間内にとっての晴れがましい機会に、その場を提供する役割も果たしていく。

宿泊の要望にも応じるため近くの民家を借りた。希望者はそこで泊まることもできた。スタート時からレストラン＆ホテルとしての役割を担ったのである。

ふたりはこの料理店に相応しい名前をつけたかった。「西洋庵」「洋食館」「ミオラ食堂」……しかしどれもしっくりこない。

あるとき、お千が口にした。

「イタリア軒というのはどうかしら？」

「軒」という呼び方は、文明開化の本拠地である東京や横浜の西洋料理店のネーミングで流行っていた。中華料理の店によく見られるようになるのはもっと後のことである。

「ミオラ、いい料理を出す店に相応しい名前だと思う。そしてどんな人がやっている店なのかすぐ分かる」

ミオラにはその名前が全てを表してくれる気がした。

「イタリア軒、イタリア軒……いい名だ」

竹山医師にも意見を聞きに行った。

「うん、ぴったりな名前じゃないか。イタリア人の経営する、イタリアの雰囲気を持った店。そんな料理店がある街なのだと、新潟の人が誇りを持ってくれる名だ」

竹山は大賛成だった。そして従業員もみな一様に賛同してくれた。

こうして、文明開化の時代に相応しい名を持つ西洋料理店が生まれることになったのである。

西堀通7に建った洋館に、幅20センチ、長さ2メートルほどの一枚板を横にして「イタリア軒」と揮ごうされた看板が架けられた。

お千も気に入った様子だ。

「横浜の外国人居留地で見た店の看板は、みんな横書きだったわね。きっと新潟じゃ横書きの看板ははじめてよ」

若草色のしゃれた建物にその看板はよく似合った。

立派な店の建物を見上げるミオラの胸に喜びが改めて満ちてきた。それはお千も同じだった。

「わたしはこの店に命をかけるよ」

「あなたならきっとできる。私も一緒の気持ちよ」

イタリア軒の前に立ちふたりは空を見上げた。それは雲ひとつなくどこまでも青かった。

完成したイタリア軒で、永山県令をはじめとするなじみの客や、県の幹部、経済界のメンバーらを呼んで落成式が行われた。芸妓も呼ばれ華やいだ式になった。

県令、永山盛輝《もりてる》は楠本の後任だ。ミオラの店を接待によく利用してくれる。またときどきミオラを県庁に呼んで、海外の話を聞く間柄になっている。

永山は戊辰戦争で藩兵監軍の役を務め従軍し、各地を転戦した元薩摩藩士である。明治8（1875）年に新潟県令に就任してからは、戊辰戦争からの復興のため士族女子の救済施設「女紅場」を設置。小学校の就学率の向上などにも尽力してきた。

落成式に招かれた客は大きなテーブルを囲んで座った。この日は特別料理として、銀製の食器に、スープ、前菜、パン、メインディッシュとなる肉料理、果物が提供された。フォークの使い方にまだ不慣れで、ナイフと一緒にまるで箸のように使う人もいたが、どの顔にも笑みが浮かんでいた。

イタリア軒のテーブルにつく客たちの顔には、慣れない窮屈さとそれに優る嬉しさを見ることができた。

日本は世界の一員になった。そんなことをイタリア軒でのひとときで感じることができたのかもしれない。新潟が世界に開かれていることを示す料理店の誕生を、人々は喜んでくれたのである。

文明開化で、日本の食は変わった。文明開化を先導した福澤諭吉は、慶応3（1867）年の『西洋衣食住』でヨーロッパの食生活を伝え、肉食を勧め牛乳を飲むことを奨励している。

明治もすでに14年目に入り、人々の肉食への抵抗感は小さくなっている。ただ肉食と言っても好まれているのは牛鍋だ。

すでに東京の牛鍋屋は500軒以上を数え、牛鍋屋の店先ではステンドグラスを思わせる多色のガラス障子が、ランプの灯りに映え街を彩っている。

西洋料理も、東京に明治初年から開設されてきた洋食店やホテルで供されるようになっている。神田の三河屋久兵衛や上野の上野精養軒などで、政府高官や銀行家そして実業家らが主たる客である。簡便な洋食屋も生まれ、オムレツやカツレツ、コロッケやビフテキそしてカレーライスが提供されている。

地方都市における本格的な西洋料理店の誕生は明治10年代に入ってからで、新潟のイタリア軒と仙台の料理店のふたつがその嚆矢《こうし》だ。

晩秋のある日、新潟に住むフランス人の神父がいつものようにパンを買いにきた。

「やあ、神父さん」

「いつものパンをください。この前のパンはほんとによく焼けていた」

「ビーフシチューもよければありますよ」

「でも皿が」

「貸してあげます」

新潟に在住していた外国人は、プロの味を求めてイタリア軒に食べにきたり、テイクアウトしたりするようになっていた。なじみの日本人客も同じようにイタリア軒を使ってくれるようになった。メニューも増え、ビーフシチューやステーキも提供するようになっている。

ある日のことである。はじめて肉を食べるというお年寄りを連れた家族がやってきた。

「あたしゃ肉は嫌だよ。魚を焼いておくれ」

注文で駄々をこねるお年寄りを奥方が説得する。

「お母さま、じゃあ一口だけ食べてみて、だめだったらそうしますから」

そんな様子を見にきたミオラが口添えする。

「わたしどものお肉、きっと満足しますよ。でなかったら代金はいただきません」

「そうかい、異人さんがそんなに言うなら」

一口食べてみる。すると…

「あら…おいしいね。もう少しいただこうかねえ」

その言葉を聞いたミオラは満面の笑みを浮かべた。

「ありがとうございます！ありがとうございます！」

奥方も嬉しそうだった。

「うちじゃ肉を料理する日は、お母さんだけ別に魚を焼くんです。なんとか考えを変えてくれないかと思ってこちらへ連れてきたんです」

「でもあたしゃ、その血の色をした酒は飲まないよ」

「ワインのことですね、でもほんの一口だけ」

ミオラが言う通りほんの一口だけならと飲んでみれば、香りよく味わいも深い酒だった。

「あらま…おいしいんだねえ」

お年寄りは食事を終えてから、黒いお湯、コーヒーも飲んでみた。

「ふーん、苦いけど悪くはないねえ。香りもとてもいいわ」

この家族はその後、常連となってくれた。そんな例がたくさんあった。


炭船と大根船が西堀や東堀を行き来するようになると冬がくる。

新潟は雪の地である。1，000メートルから2，000メートル級の山々が県境に連なっている。シベリア高気圧によって吹く季節風いわゆるシベリアおろしが、日本海を渡るときに水蒸気を吸い込み、これらの山脈にぶつかり雪を降らせるのだ。

海岸部にある新潟の街は県の中では小雪だが、ミオラがきてからしばらく雪の多い冬が続いている。じっと春を待つ暮らしは雪国の宿命で、こうした風土は人々を辛抱強く粘り強くした。

家々に吊るされた鮭の塩引きは、年越しに備えたものだ。新潟の年とりには欠かせないごちそうである。冬という季節を地元の人は吊るされた鮭に感じる。鮭は少しずつ食べられ、その姿が見えなくなるころ春はすぐそこである。

ミオラとお千がイタリア軒を立ち上げてから何度目かの春がきた。梅が香り桜が街を染める季節だ。

「私の大好きな季節」

新潟の早春、厳しい冬を抜けたこの季節がお千は好きだった。生まれくる命の息吹が感じられるからだった。それはミオラも同じだった。

「わたしの国イタリアも春は美しいけど、新潟の春はひときわすばらしいよ」

ふたりは西堀に咲く桜のかぐわしいかおりと、桜の花びらの色のような淡い幸福感に包まれていた。

「ミオラ、あなたはよかったね」

「なにがだい？」

「だって、料理という夢中になれるかけがいのないものがあるじゃない」

「そのとおりだよ。そしてよかったことがもうひとつ、お千と一緒になれた！」

「ははは。ありがとう。やっぱりそんなところがイタリアの男なのよね。日本の男はそんなことはっきり言わないわよ」

　イタリアの男らしくいつも表現は率直だった。でも何度聞いてもその率直さがお千には心地よかった。


　前の県令、楠本が行った風俗に関する規制には、強権的だとする反発もあった。

　盆踊りを禁止し、祭りにおける裸踊り、塞ノ神、雨乞いすら禁止した。さらに闘鶏、芝居も禁止された。加えて雪合戦、凧揚げ、竹馬といった娯楽まで禁止された。こうした一年の折々の節目にもなる行事の禁止は、楽しみにしている人たちの反発を招いた。県の布達を無視して、禁止された習俗や行事を続けているところも多かった。小正月、節分、節句、虫送り、盆踊りなどである。

　巡査による取り締まりが強化されても、住民は巡査のいないところでは平気で規則を無視した。見つかれば罰金が課せられたが、なかにはそれに食って掛かるものもたくさんいた。

　夜桜の晩であった。ミオラがある出来事に遭遇した。

　街には、楠本が設置した街灯が25間（45メートル）ごとに立っている。その数は275基を数え、開化新潟を象徴する灯りが夜を照らしている。ガス灯ではなく石油ランプであり、煌々と照らすというわけにはいかない。だが、設置される前は持って歩く提灯だけが頼りだったことを思えば、夜はうんと歩きやすくなり、雰囲気の変化に住民は大喜びだった。

その晩、ミオラが街灯の灯りを頼りに西堀を歩いていると、橋の上で巡査が酔った男を叱りつけていた。

「コラコラ！きさま、そんなところで立小便などしてはいかん！」

巡査がきつい口調で注意すると、男は言った。

「ふん、いばるんじゃねえ。偉そうにヒゲなんぞ生やしやがって。軍人も巡査もみなヒゲ、ヒゲ、ヒゲ、だ。ケッ！ヒゲを生やしていれば偉いのか？ケトウのマネして、ふんぞり返って歩きやがって、おまえはそれでも日本人か？」

「なに！歯向かう気か！」

「おもしれえ。やるか！」

ミオラはふたりに割って入った。

「スミマセン、この人、ひどく酔っています。だから許してあげてくださいませんか」

「うるせえ！じゃまするな！」

男がミオラを手でどけようとした、その次の瞬間……

したたかに酔っていた男はバランスを崩し、橋から堀の中に落ちてしまったのである。

ミオラはすぐ堀に入って助け上げた。

「おまえさん、イタリア軒のミオラだな。この男の知り合いか？」

ミオラを知る巡査のようである。ミオラは懇願した。

「違います。でもびしょ濡れで酔いつぶれています。わたしが面倒見ます。今日のところは大目にみてやってくださいませんか」

男はびしょびしょになったまま無言である。どこか打っているかもしれない。

巡査は右手であごヒゲを撫でながら言った。

「分かった。今日は大目にみてやる。面倒をみてやってくれ」

ミオラは男をイタリア軒へと連れていった。

「まあ、どうしたの？その人は誰？」

「この人、そこで堀に落ちたんだ」

お千は濡れた服の着替えを与えた。

「あなたのお名前はなんとおっしゃるのですか？」

「青瀬だ。青瀬治四郎」

ミオラには聞き覚えのある苗字だった。

「え、青瀬さん？あなたはひょっとして、前に長岡藩にいて今は県庁で働いている青瀬さんの兄弟ですか？」

「そうだ。その青瀬は兄だ」

「これは驚いた」

「兄を知っているのか?」

「少しだけネ」

「そうか、世話になったな」

男はよろけながら帰っていった。

翌日、青瀬征三郎が弟の治四郎を連れてイタリア軒にやってきた。

「昨日は弟が世話になった」

弟は神妙に頭を下げたままだった。

「面倒なことにならなくてよかったですね」

「このように弟も反省している。許してやってくれないか」

「はい、大丈夫。これを機にこれからもよろしくお願いしますね」

このときミオラにある考えが浮かんだ。

「そうだ、青瀬さん、あなたは元サムライ。ちょっとお聞きしますが剣の修業は大変だったでしょう」

「免許皆伝まで稽古に励んだ。昔の話だ。戊辰戦争ではなんの役にも立たなかったがな。刀など鉄砲の前では無力だ。なんの役にも立たないことは先の西南戦争も証明している。

最強の武士集団、薩摩藩士もあえなく敗れ去ってしまった。剣の腕など今は無用の長物なのだ」

　ミオラがさっき頭に浮かんだことを切り出した。

「どうです、わたしの店で働きませんか？」

「え？ 私になにができるというのだ？」

「普段は店の手伝いをしてもらいます。いろいろ仕事がありますよ。そしてあなたでなければできないことがあるかもしれない」

「それはなんだ？」

「あなたの胆力が、ものを言うときがあるかもしれないということです」

「この変わりゆく世で、私が役に立てることがあるというのか」

「そうです。世の中は変わっても、なにが起きるかは分からない」

「そうか…少し考えさせてくれ」

「はい。いいお返事を待っています」

　この日、青瀬はイタリア軒で食事をして帰った。要らないとミオラが言うのに、代金を支払っていった。お礼のつもりだったのだろう。

　翌日、上古町にある吉浦旅館を訪ねる青瀬の姿があった。青瀬と吉浦はどちらもかつての長岡藩士である。ミオラが吉浦旅館で働いたことがあるのも青瀬は知っていた。

「実は…」

ミオラにイタリア軒で働かないかと誘われていることを話した。吉浦の答えは明瞭だった。

「外国人の中には確かに悪いやつもいればそうでないやつもいる。しかし外国人だからというだけで嫌うというのは理屈にあわないぞ。日本人に悪いやつはいないとでもいうのか？ミオラのことなら大丈夫だ。きっとおまえを大事にするよ。いい話じゃないか」

数日後、青瀬の姿はイタリア軒にあった。

「弟の件に感謝していることもそうだが、ミオラさん、あなたの人柄に好感を持った。そしてあなたの料理のおいしさに驚いた。働かせてもらえるなら、ぜひお願いしたい」

青瀬も県庁の非常勤という不安定な仕事ではなく、腰を落ち着けることができる仕事に就きたいと思っていたのだった。

青瀬は続けた。

「異国人だからということだけで毛嫌いする理屈は確かにおかしなものだ。そう感じはじめてはいたのだが、吉浦にそう言われ、そしてミオラさんとこうして話をしてその思いを強くした。悪いやつは日本人の中にもはいて捨てるほどいる。それはどの国の人間だろうと同じなのだろう。自分の目で見ずして決めつけることの愚かさを知った思いだ」

そして青瀬は、前にミオラに降りかかった「病気の牛を売っている」という噂について謝罪した。

「実はあなたの店が病気の牛を売っているという話を友人から聞いて、確かめもせずそれを人にしゃべっていたことがあった。それがあっという間に世間に広まってしまった。その話はデマだということがあとで分かってすまない思いをしていた。確かめもせずにあなたの店を悪者扱いして申し訳なかった。どうか愚かな俺を許してくれ」

ミオラは手を差し出して握手をしながら言った。

「確かにあのときは困りました。でも、もうそれは終わったこと。あなたは自分が悪いことに気づいたら人に謝ることができる人。それはとても大切なこと。あなたがそんな人だと知って、そんなあなたと知り合いになれて、とても嬉しいです」

弟さんも一緒に働いたらどうか、とミオラは話したが弟の治四郎は固辞した。ある商店の婿養子になる話がきておりそこでがんばってみるということだった。

「青瀬さん、よろしくお願いします」

「こちらこそよろしくお願いします。これから俺が奉公する藩がこのイタリア軒ということになりますね」

冗談ぽく笑顔でそう話す青瀬だった。どこかに「サムライ」の矜持を感じさせる青瀬の顔を見て、ミオラはきっと頼もしい存在になってくれるだろうと思った。

こうしてイタリア軒に新たな仲間が加わった。

その晩、青瀬と長谷川、そしてお千と4人が杯を交わした。ひときわうまい酒だった。蝉の音が喧しい明治14（1881）年の夏の夜であった。

第8章

新潟の鹿鳴館

新潟に朝がくると家々からはかまどの煙が立ち上り、通りでは納豆売りや青物売りが声を上げる。

ミオラは朝食前にそんな街を歩いて市場に行き、自分の目で見て確かな食材を仕入れる。雨が降っても雪が降っても欠かすことはない。

家に帰るとお千のつくってくれた朝の膳が待っている。飯と汁、漬物、目刺しや切り干し大根の煮物、昆布と油揚げ、きんぴら牛蒡、煮豆といったおかずでごはんを食べた。ときには玉ねぎやジャガイモや南瓜、茄子、ほうれん草などが加わる。柿や枇杷、林檎や桃といった果物がつくこともあった。なんでもおいしく食べるミオラだったが、たくあんが少し苦手だ。あの匂いがいまだに慣れない。朝食が済むとイタリア軒へ仕事に向かう。

ミオラは子供好きだった。イタリア軒の脇の小路、通称イタリア小路は大畑小学校への通学路である。ミオラは毎朝そこに立ち、木綿の着物を帯で締めた小学生たちがその道を通ると必ず声をかけた。

「みんな、たくさん勉強してね。本もたくさん読んでね」

下校時には前を通った小学生たちに、小さな袋入りのパンをプレゼントする。客に勧める試食用のパンである。

「イタリアのパンだよ、食べてね」

牛乳をふんだんに使ってつくる味わい豊かなパンだ。

　ある日、そんなミオラにお千が声をかけた。

「ミオラは子供が好きね」

「子供は世界のことをなんでも知りたいという好奇心にあふれているよ。そんな好奇心にあふれた子供の質問に大人はあまり答えることができない。大人はほんとうはなにも分かっていないのだということを子供が教えてくれる。人は大人になるとそうした好奇心を少しずつなくしてしまう。そして不完全な子供になってしまう」

「あなたはその意味で今でも子供に近い大人かもしれないわね」

「はい、ありがとう！子供の心、持ち続けることができればいいね」

　そんなミオラは、時間ができると街の通りを歩き、いろいろな店をのぞくのが好きだった。するとその店の主人から声をかけられる。

「おや、ミオラさん。イタリア軒は流行ってなさるかね？」

「はい。お客さんたくさんですよ。今度食べにきてくださいね、おいしいワインも入りましたよ」

　散歩から帰ると、玄関脇で誰かがビリヤード場で球を突いているのを横目にイタリア軒に入る。そしてまた仕事にあたるのだった。

　ペンキ塗り３階建ての洋館はまだ珍しい。イタリア軒の建物と料理は、外国人船員たちの間でも評判を呼んでいた。

新潟港に入港した船から小舟に乗り換えて堀を進み、イタリア軒までやってくる船員もいる。イタリア軒前の西堀には、舟をつけて道路に上がってくることのできる石の階段があった。舟を係留しこの階段からやってきて、しばし料理と酒を楽しむのである。

ミオラはそれぞれの国の言葉でそうした客と会話を楽しむ。

「国はどこ?」

「イングランド。リバプールからだよ。新鮮な肉が恋しくなってやってきた」

「長い航海大変だね。野菜もたくさんとってね」

デリバリーにも応じ、街の座敷や集会所そして民家へと料理を運んだ。

西洋料理を提供するのみならず、政財界人の社交の場としての役割も果たし、明治の新潟に彩を添える存在となったイタリア軒は、「新潟の鹿鳴館」と呼ばれるようになっていた。

そのころ、ミオラが出した新聞広告の文面である。

「私儀　明治7年来港　東中通一番町にて
西洋料理店を開店せしより　続々江湖の御
愛子を博し辱く奉存候ところ　何ぶん手狭
につきさらに同所二番町に新屋を結構し今度
引移り　料理は肉の新鮮なると値の廉を専

らとし　且つ諸方へ仕出しを兼ね盛んに営
業仕候間相変わらず御愛顧奉願候
伊太利亜主人　ミオラ」

「イタリア軒は新鮮な肉を手ごろな価格で提供し、仕出しの注文も受ける」という内容である。「イタリア」を「伊太利亜」と書き、「来港」という、外から人が新潟にくるときに土地の人が使う言葉も入れている。新潟に溶け込もうとする姿勢が伝わってくる。

明治19年、ミオラは48歳になっていたがその活力は少しも衰えていない。この年に新潟を訪れ、イタリア軒で食事をしたフランス領事館勤務のギュスターヴ・グダローは、ミオラをこのように評している。

「ミオラはなによりもまず人情の人であり、極端なまでに自愛心を持ち、強力なエネルギーに結びついた才能を有している」

注目すべきは、グダローがミオラを評するにあたって、まず人情の人であることをあげている点だ。ミオラはフレンドリーな性格で、人とすぐ仲よくなれ、人には愛情を持って接する人間なのだった。

そしてグダローの言うように、50歳代にさしかかろうとするころでもなお、エネルギーに満ちた男だったのである。

その年の春も終わろうとするころ、ある事件が起きた。

酔った男の客がなにかを叫び立ち上がってテーブルクロスを引いた。配膳された酒が音を立てて床に落ち、皿もグラスも割れた。

女性客が悲鳴を上げると、騒ぎを聞きつけその場に駆けつけてきたのは青瀬だった。

「お客様どうなさいましたか？」

「料理の出てくるのが遅い！それを言ったら、間もなく、間もなくと3度も言われた。この店は俺をバカにしているのか？」

「コックが今心を込めてつくっております。間もなくお持ちいたします」

「うるさい！」

男はそう叫んでテーブルを力いっぱい叩いた。

「乱暴はよしていただけませんか」

「なに、貴様、客の俺に意見するのか！」

「お客様はほかにもおられます。皆さん、なごやかに料理を楽しんでいらっしゃるのです」

穏やかに話す青瀬であった。しかし客は荒れ狂うばかりだった。

担当の女性からこの件を告げられたミオラもやってきた。

男が青瀬にコップの水をかけた。

「お客様、それはいけませんね」

青瀬の声のトーンが変わった。男の目を見据えてそう言った。

ミオラは青瀬の顔を見た。男に向けた目を見て思った。

「これが、ひとたびことがあったときのサムライの目なのか…」

男にはあきらかに怯えが浮かんでいた。

「ふん、気に食わない店だ。もうこないからな」

そう捨て台詞を残して去っていった。

目で男を追う青瀬にミオラが言った。

「すごい人だな、あなたは」

青瀬はすまなそうに頭を下げて返事をした。

「大切なお客さんをひとりなくしてしまいました…すみませんでした」

「いや、ひとりの乱暴な客のことよりも、皆さんに安心して食べにきてもらえる店にすることが大事だよ。ありがとう！」

そんなこともあった明治19（１８８６）年の夏、信濃川を泳ぐ若者たちがいた。海の水泳が普通になるのは明治も30年を過ぎてからで、このころはまだ水泳と言えば信濃川だった。

その川下に工事が進められてきた橋があった。橋の上では作業員がなにやら忙しそうに働いているのが見える。その橋を指してひとりが言った。

「いよいよこの秋だってな、開通式は」

「なげえ橋だなあ。ありゃ、渡るのに10分はかかるぞ」

「いやもっとかかるな」

若者たちがいう「橋」とは、信濃川に架かる萬代橋《ばんだいばし》だった。

明治19(1886)年11月3日、大川(信濃川)に架かる橋の工事が終わった。全長782メートル、幅6.4メートルの日本一長い萬代橋《ばんだいばし》だ。

架橋に尽力したのは、新潟日日新聞社社長の内山信太郎と第四銀行頭取の八木朋直である。新潟と対岸の沼垂《ぬったり》が結ばれた意味は大きい。それぞれの後背地に関東と東北があるからだ。

萬代橋《ばんだいばし》ができるまでは、日本一の大河である信濃川を、川幅が広い河口にある新潟で渡るのは容易ではなかった。渡し船が唯一の渡河手段だった。渡し船場は4つあった。上手から上古町、鍛冶小路先、広小路先、入船町の4か所だ。

明治11年の天皇北陸巡幸の際にも、御座船を仕立てるしか手段がなかった。

そもそも川幅が広い上に、冬場には川も波立ち吹雪が吹き付ける。荒れた日に渡るのは運賃が倍になりしかも命がけになった。長岡には明治9年にすでに木の橋である長生橋が架けられており、橋は新潟の悲願だった。

資金提供をしたのは第四銀行頭取の八木朋直で、大工の日当が16銭という時代に3万700円の工費をかけた。

橋の名は、萬代まで存続するようにと「よろずよばし」と名づけられた。しかしいつの間にか「ばんだいばし」と誰もが呼称するようになっていく。

開通の日、11月4日は一枚の青い布でできたような空が広がる快晴になった。秋風が川面にも橋の上にも吹く爽やかな日である。

街の住人はもちろん近郷近在からも見物客がやってきて、見たこともないような人出になった。この歴史的な瞬間を一目見ようと2万人がやってきたのだ。西の橋詰めには竹山医師が救護班を設けた。不測の事態に備え、火防夫（消防）たちがところどころ配置されている。

橋には飾り付けがなされた。全ての欄干に旗と提灯が飾られ、「萬代《ばんだい》」と赤提灯を並べてつくられた文字が橋の真ん中に掲げられている。

午後2時から盛大な行事がはじまった。県知事代理（すでに県令という呼称は用いられなくなっている）の祝辞のあと八木の答辞と続いた。八木の答辞の中に、多くの見物客がそうだそのとおりだと深くうなずくくだりがあった。

「…ソノ互通ノ不便ホトンド名状スベカラズ」


渡り初めでは古式にのっとってふたりの高齢者が先頭となった。その後ろに木遣《きや》りを歌う大工が山車屋台をひいて練り歩いた。さらに芸妓１００人が続く。

ミオラもこの記念すべき日に長い橋を渡った。

—思えば、これまでも何回か人生で橋を渡ってきた。

対岸の様子がよく見えないこともあったが、
思い切って渡ることで別の世界に飛び込むことができた。

その飛び込んだ世界で新たに人とつながり、新たな仕事に打ち込むことができた。

もし渡らなければ今の自分はなかった—

そんなことを考えながら一歩一歩感触を確かめつつ渡り終えた。

お千と手をつないで渡りたかったが、お千が恥ずかしがったので並んで歩くだけにした。

空には景品の切符を入れた花火が打ち上げられた。景品には米俵、炭俵などに加えて、行形亭《いきなりや》の会席料理の食事券、そしてイタリア軒の食事券もあった。

拾い上げることのできた人が歓声をあげた。そこにはこう書かれてあった。

「この切符を手におさめた方にはおふたり様をディナーにご招待します
いつもいつもお世話になっている感謝です
イタリア軒　主人　ピエトロ・ミオラ」

花火の打ち上げは萬代橋《ばんだいばし》開通の2年後、明治21（1888）年の夏から毎年行われるようになり、新潟の夏を彩る行事となっていく。

開通式では夕方になると、川岸に設けられた会場で芸妓が「米萬代《できあよろずよ》」という演目を踊った。

遠き県《あがた》の新潟の大路に添うて流るるは
天が下なる三大河の音に響きし信濃川
八千八川《はっせんやかわ》落ち集い
湊に近き川淀にあふさきるさ水の上
渡船に換《かえ》る長橋は
彼のロンドンにありという橋もものかは大八島
わが日の本にたぐいなき萬代橋《ばんだいばし》の堅牢美麗
きょう開橋の渡り初め

五姓田芳柳　新潟萬代橋図
（新潟市歴史博物館提供）

新潟の宿は全て宿泊客で埋まり、イタリア軒も食事の予約で満席となった。

花火の中に仕込まれた切符を拾い上げた二組もレストランにやってきた。

「萬代橋《ばんだいばし》とイタリア軒、新潟の自慢がふたつもできて、ばーか（とても）いいてば」

渡り初めの日、イタリア軒の夜はそんな会話をしながら食事を楽しむ客で賑やかに更けていった。

橋は「こちら」と「あちら」に分かれていたふたつの世界をひとつにする。新潟と沼垂《ぬったり》は、かたや幕府直轄領かたや新発田藩領で、しかも両町とも港町として競い合っていたこともあり仲がよくなかった。

しかし渡りはじめのあったこの日、「新潟」と「沼垂《ぬったり》」はひとつになった。

信濃川はふたつの地区を結び、沼垂《ぬったり》の子供

たちも萬代橋《ばんだいばし》を渡って新潟側の小中学校に通うようになった。萬代橋《ばんだいばし》で沼垂《ぬったり》と新潟を結ぶ柾谷小路《まさやこうじ》は、幅が三間から五間に広がり新潟の幹線道路となった。

こうして萬代橋《ばんだいばし》は心の架け橋ともなり、イタリア軒を利用してくれる沼垂《ぬったり》の人も増えていくのである。

日清戦争で勝利をおさめて数年が経ち、日本が確固たる地位を築きはじめたころ、イタリアの戦艦ナポリが来港した。母港のナポリを出てスエズ運河を通り、インド洋そして太平洋を航海しやってきたのである。

話を聞いたミオラは新潟港に出迎えに行った。

入港してきたナポリの船尾では、懐かしい母国の三色の国旗が風に踊っている。甲板では、セーラー服を着た水兵たちが横一列になり港の様子を眺めている。そのうちのひとりが、手を振るミオラを見つけイタリア語で呼びかけた。

「サルヴェ（こんにちは）！あなたはイタリア人か？」

ミオラは久しぶりに使うイタリア語で返した。

「そうです！長い航海お疲れさまでした」

水兵たちからどよめきが起こる。

「あれがこの街にいる同胞だ！」

この晩、イタリア軍兵士たちの姿がイタリア軒にあった。

ミオラは、レストランの主人としてもてなし、加えて通訳も務めた。経済人など地元の人たちと艦長ら乗船してきた軍関係者との会話を、それぞれの言葉に訳して仲立ちをする。

正装したミオラには次々に酒を注ぎに水兵がやってくる。

やがて登壇を求められたミオラは上機嫌で挨拶した。

「我が故郷のみなさま、ようこそ新潟へ。わたしはこのイタリア軒の主人、ミオラです。この地で暮らすようになってもう20年以上が経ちます。地元の皆さんによくしていただいたおかげでがんばってくることができました。実は、わたしも兵士としてイタリア統一戦争に従軍したのです」

聞いていたナポリの兵士たちから「おーっ！」という歓声があがった。

「今胸につけているこの勲章は、そのときの働きを評価いただいて受章したものです。日本はこの20年あまりで大きく変わりました。日清戦争でも勝利をおさめ、いまや世界から注目される実力を持つに至っています。わたしはこの勲章を誇りに、この名誉に恥じないようがんばってきました。今日は皆さんの姿を見て故郷の懐かしさがこみ上げてきました。肉も酒もたくさんあります。存分にやってください」

拍手が起きた。次々に兵士たちがミオラのところにやってきた。

「同志、ミオラ！立派なレストランだな。あなたの成功をお祝いしたい。サルーティー（乾杯）！」

ナポリの一行は知事や市長への表敬訪問などの公務をこなし、三泊して帰途に就いた。

「アッディオ（さようなら）！」

港を出て小さくなっていく軍艦に別れを告げミオラは思った。

―もう俺も60歳だ。思えばずいぶん長い間必死に働いてきた。できるうちに一度帰国を果たそう―

やがて軍艦ナポリは、はるか沖合に消えていった。

第9章

世界で一番よいところ

明治39（１９０６）年の晩春。日も沈みかけたころ、ミオラは沼垂《ぬったり》での用事をすませるため萬代橋《ばんだいばし》を渡っていた。

この長い橋の半ほどで足を止め、振り返って新潟側の岸辺を橋の上から眺めた。船宿から漏れる灯りが信濃川の水面に揺れている。三味と唄がかすかに聞こえる。

家々が黒いシルエットとなり、日が落ち闇に包まれていく。そんな黄昏の絵が好きだった。萬代橋《ばんだいばし》ができて好きなときに見ることができるようになった絵だ。

新潟にきてすでに32年。軍艦ナポリに乗ってきた同胞たちと会話を交わしてから、ミオラには一度イタリアに帰って家族と再会したいとの思いが募っていた。もう十分に働いた。普通イタリアでは働くのをやめている齢にもなった。

イタリアの統一が果たされからすでに久しい。成長した祖国をこの目で確かめたい。自分の祖国は日本と同じように発展しているのだろうか…

翌日、久しぶりに兄に手紙を出した。夏が終わるころ故郷の兄から返事が届いた。

母と父はすでに亡くなっているが、兄や妹たちがトリノなどで暮らしている。みんな元気でやっていることが手紙で分かった。

イタリアも変わったことだろう。この目で見れるうちにやはり一度帰っておこう。

ミオラはその思いをお千に話した。

「イタリアへ帰って、みなさんに会ってきたら？」

「わたしがイタリアに帰ると、お千は困るね」

「大丈夫よ、心配しないで」

お千は49歳、ミオラは68歳になっている。

イタリアに帰るにしても、イタリア軒をお千がひとりで経営するのは荷が重いだろう。

イタリア軒の経営が続くようにし、お千の暮らしも立つようにしなければならない。しっかりした人が経営してくれればイタリア軒は続いていく。

ミオラはよく知る地元の経済人たちに相談した。話を聞いた人たちは「大事な店だ。火を消すわけにはいかない」と口をそろえてくれた。

資金を出しあい存続させることが同意された。譲渡の話がまとまった。

レシピを、あとを託す長谷川らの調理人に伝えた。青瀬と長谷川は、引き続きイタリア軒で働くということで話もついた。

そして譲渡で得た金のうち相当な額をお千に与えた。

「こんなにたくさん…ミオラ、ありがとう！気をつけて行ってきてね」

「必ず戻るから待っているんだよ。身体に気をつけて！」

イタリア軒作成の『沿革メモ』には、共同出資しイタリア軒の不動産や営業権をミオラから買い取ったいきさつが記されている。

「斯カル経歴ヲ有スル当軒ヲシテ　ムザムザ堙滅セシムルハ　甚ダ遺憾ナルノミナラズ　一朝コノ機関ヲ失ハンカ　一面本港ノ体面ニモ関スルモノアレバ　此際有志ヲ糾合シテ之ヲ引受ケ　各自出資ノ倶楽部式トシテ　現在ノママ営業ヲ継承センニハト之ヲ同志ニ謀リシニ　衆議タチマチ一決…」

このように沿革メモには、イタリア軒の存続が「本港ノ体面ニモ関スル」ことであり、衆議たちまちに一致し、各自の出資で営業を継続することが決まった、とある。

明治維新からすでに39年、県都として発展する新潟には財界と経済人が育ち、イタリア軒はヨーロッパの香りのする社交の場としての役割を担っていた。

新潟の財界人たちはイタリア軒の西洋風の宴会の場とサービスに、和風の料亭とは違う価値を見出していたのである。財界のエリートたちが利用するクラブという役割はその後も一貫して続いていく。

イタリア軒の権利の譲渡の手続きも済み、横浜からの船でミオラは日本を去った。はじめて日本にきたとき、気高い姿に感動した富士が次第に小さくなっていった。

長い船旅を終えイタリアに上陸したミオラは、真っ直ぐにトリノの兄の家へと向かった。30年ぶりである。実家に近づいても、すれ違う若い人はみなミオラを知らない。それでも同年配の人たちの中にはミオラのことが分かり、話しかけてくるものもいた。

「チャオ！ミオラ。ジャポーネで成功したんだって？」

「元気そうじゃないか、ミオラ」

兄の家に着いた。兄弟姉妹とハグを交わし、互いの無事を喜んだ。

父と母のお墓にお参りをし、イタリアの今のあれこれを兄弟たちから聞き、積もる話をした。

トリノにはそれから半年あまり滞在し、再び日本への船に乗った。お千と新潟で余生を送るためである。

フランスのマルセイユから横浜に向かう貨物船に乗せてもらった。スエズ運河経由で2か月ほどかけて横浜に着いた。

しかし…帰ってきた新潟に、いや、すでにこの世にお千の姿はなかった。悪い病を得てふた月ほど前に亡くなったのだという。

ミオラへ渡してほしいと竹山に託されたお千の手紙があった。

「ミオラ、お兄さんたちとは会えましたか？

きっと懐かしい人たちと話が弾んだのでしょうね。
あなたの顔をもう一度見ることができずに先にいくけどごめんね。
みんなに食べて笑って楽しんでもらうために
あなたとふたりイタリア軒でがんばることができました。
あなたのおかげでいい人生になりました。
あなたはいつも言っていた、精一杯生きるのだと。
その言葉通りにあなたは生きましたね。
自分の思った通りに精一杯生きることがどんなにすばらしいことか、
私はあなたに教えてもらいました。
そして私も幸せに生きることができました。
一緒にいた日々は楽しかった。
ありがとう、ミオラ。
もうすぐさよならだけど悲しまないでね。
私はあなたと過ごすことができた人生に満足しています。

お千」

竹山は、お千からだと金を渡した。お千は渡した額の一割も使っていなかった。

「お千…」

ミオラの目から涙があふれた。

お千を失った大きな哀しみと、そしてお千にこれほどまでに感謝されたことへの思いがあった。

「竹山先生、これまでほんとうにお世話になりました。わたしはイタリアで余生を送ります」

新潟を離れる日、竹山と青瀬、それに長谷川の３人が見送ってくれた。

「皆さんのおかげでイタリア軒はますます繁盛しているようでよかったです」

ミオラが感謝すると、青瀬が答えた。

「新潟にイタリア軒ありとみな胸を張ってここで仕事をしていますよ」

長谷川が続けた。

「メニューも、もっと充実させていきます。ミオラさんと一緒につくったソースをベースにしてね」

ミオラの脳裏に、長谷川とソースづくりに励んだ日々がよみがえった。

「ありがとう。おふたり、そして竹山先生。みなさんとお千、楠本県令のおかげですばらしい人生を送ることができました。みなさんとイタリア軒にさらなる未来があるように祈っています。さようなら！」

「さようなら、ミオラさんもお元気で！」

ミオラはしばらく横浜で過ごしたあと、大正元（１９１２）年、明治が終わり大正へと時代が移ったこの年、再びイタリアへの途に就いた。74歳になっていた。

帰りの船の中で小杉放菴という画伯と一緒になった。ふたりは意気投合しナポリに着くまで話し続け、飲み続けた。

その20数年後、小杉画伯は佐渡へ行く途中イタリア軒に立ち寄って食事をした。その際に、20数年前のミオラとの船上の思い出をこう書いている。

佐渡へ渡るとて、新潟のイタリア軒で昼飯を喰った。20余年前、船でフランスへ行くとき2等客室の間で、懇意に話し合った伊太利人があった。（略）これがイタリア軒の元祖で、明治初年外国サアカス団（略）、新潟興業の時置いてけぼりとなった。そのまま小さな西洋料理屋を始めて、段々と繁昌をして…本人は少年のころ、イタリア独立の三傑なるガリバルディ将軍の赤シャツ隊に属したことがあると話していた…

小杉はミオラと船の上で会った当時、まだ20歳代の若き画家だった。ミオラの料理店の名を思い出して立ち寄ったのだろう。ミオラの印象は強かったようで、20年以上前のことをよく覚えていた。

トリノに流れる大河、ポー川の川面をミオラは見つめていた。

揺れる川面の水面にあらわれては消えていくのは、新潟での日々であった。トリノに吹く風に乗って、さんざめく新潟の街の賑わいが聞こえてくるような気がした。あの楽しかった日々の出来事が、絶えることなく浮かんでくるのである。

その回顧の中で思った。

「真の幸せは、なにかを成し遂げることではなく、それを成し遂げるために努力する中にこそあった。お千とともに、新潟で食と料理を追い求めた日々の中にそれはあった。それこそが自分のほんとうの幸せだった」

涙がひとしずく風にふるえながら落ちていった。それはいい人生を送ることができた喜びの、そして過ぎ去った日々への思いの涙だった。

ミオラは、大正9（1920）年11月イタリアのトリノで亡くなった。

世界中で猛威をふるっていたスペイン風邪に罹り、体力の衰えもあってあらがうことはできなかった。82歳だった。

イタリアでミオラは、折あるごとに人にこう語っていたという。

「世界で一番よいところは日本で、その日本で一番よいところは新潟」

この言葉は、ミオラにとっての新潟の日々がどのようなものであったかを伝えてくれる。一番よいところだと感じられるようになるまで新潟を愛し、そこで暮らす人を大事にし、信頼を得ることができるよう努めた日々。誰ひとり知る人のいないはるか故郷を離れた土地で生きていくために、それが必要だったのである。

エピローグ

「金襴緞子の帯締めながら、花嫁御寮《ごりょう》は何故泣くのだろ…」

この歌い出しで知られる名曲「花嫁人形」の歌碑が、イタリア軒に面する通称「イタリア小路」にある。

作詞者の蕗谷虹児《ふきやこうじ》は、14歳から東京で日本画を学び、さらにパリで5年ほど絵画を学んだ。『少女画報』『令女界』『少女倶楽部』などの表紙絵や挿絵で、竹久夢二と並ぶ人気の抒情画家となった。

虹児は少年期をこのイタリア小路近くに赤貧の中ですごした。

15歳で虹児を生み、29歳の若さで逝った薄幸の母の面影を、西堀を行き交う舞妓の姿に求めて、しばしばイタリア軒前にたたずんでいた虹児の想いがこの詩を生んだ。

「貧しさのために芸者屋に売られた幼馴染の女の子が二重写しとなって…」と虹児は語っている。

イタリア小路を行き交う古町芸妓の姿に母への思いをつのらせ書かれた『花嫁人形』は、杉山長谷夫の旋律にともなわれて哀愁に満ちた不朽の名曲として今に歌われている。

昭和39（1964）年、彼の生い立ちを書いた新潟日報の連載が評判を呼び、昭和41（1966）年、「花嫁人形」の歌碑が建てられた。

ここに建立されたのは、蕗谷虹児《ふきやこうじ》の希望であった。


イタリア軒の前から西堀通を横切って坂内小路《ばんないこうじ》を進み、さらに古町通を超えると東新道にさしかかる。

そこを右手（上手）に折れ少し行くと、新潟が誇る料亭、鍋茶屋がある。白い壁と格式高い木造の建物が豊かな情緒を感じさせてくれる。

また左手（下手）に折れると、芸妓たちの三味線や唄の稽古の音が聞こえてくる一角がある。

芸妓を呼べる料亭や茶屋などが立ち並ぶこのあたりは、花街《かがい》と呼ばれる。

そこは世界無形文化遺産となった和食、そして和風建築、日本舞踊、邦楽、着物、茶道や作法などの日本文化を今も残す舞台であり、さらに郷土料理や方言、地元の唄など地域の文化が継承される場でもある。

芸妓たちが接客で使う言葉は、新潟の方言の美しい変化形となって今も残されている。

「また来てください」を意味する「また来なれて」、
そして「ご機嫌はいかがですか?」を意味する「なじらね」、

男性客は「あにさま」であり、女性客は「あねさま」である。

それらの優しく味わいある言葉が、数寄屋造りの料理屋と相まって伝統文化として継承されている。

この通りをそぞろ歩けば、ときに稽古帰りや座敷へと向かう芸妓とすれ違い、湊にいがたの風情を感じることができる。

東新道までイタリア軒からわずか数分。

イタリア軒があるのは新潟が育んできた文化が薫る、情緒ある街なのだ。

ミオラは故郷イタリアのトリノで永遠の眠りについている。お千の墓はトリノにはなく、そして新潟においても見つからない。この物語を著すために作者が生み出したヒロインだからだ。

お千の魂は、トリノで眠るミオラに寄り添っている。そして仲よく暮らしたふたりの日々、イタリア軒での日々を懐かしんでいる。

西風がそっとそう伝えてくれるのである。

イタリア軒は昭和51（1976）年、「ホテルイタリア軒」として営業を開始。

平成26（2014）年、それまで経営にあたっていた新潟放送からNSGグループに事業が譲渡された。新潟の財産であるイタリア軒の運営をずっと継続していってほしい、それが譲渡の条件だった。

レストラン・ホテル、イタリア軒は人々を迎え入れる。

ミオラとお千が愛し、涙し、笑い、精魂を傾けた西堀のあの地で、今日も。

〆

宮島敏郎（みやじまとしろう）
青山学院大学経営学部卒業後新潟放送に入社、報道部記者及びデスク業務に従事。記者として制作したテレビ番組「原発に映る民主主義～巻町民25年目の選択」は日本民間放送連盟賞テレビ報道部門最優秀賞、地方の時代賞大賞、放送文化基金賞等を、「続・原発に映る民主主義～そして民意は示された」は日本ジャーナリスト会議賞（JCJ賞）本賞、地方の時代賞優秀賞等を、「原発のムラ・刈羽の反乱」は地方の時代賞大賞等を受賞するなど受賞多数。2005年～2016年NSGグループ広報室長、2015年～2022年事業創造大学院大学教授。2016年～NSGグループ広報ブランド戦略本部顧問。2023年～事業創造大学院大学客員教授。

小説 イタリア軒物語

令和6年10月18日 第1版 第1刷発行

著 者 宮島 敏郎

発行者 遠山 幸男

発行所 株式会社ウイネット
〒950-0901
新潟県新潟市中央区弁天三丁目2番20号
弁天501ビル5F
電話 025-246-5955（代表）

発売所 株式会社星雲社
（共同出版社・流通責任出版社）
〒112-0005
東京都文京区水道1-3-30
電話 03-3868-3275

印刷・製本 大日本印刷株式会社

乱丁・落丁の場合はお取り替えいたします。
定価はカバーに表示してあります。

ISBN978-4-434-34624-8 C0093